目次

序　落とし前

一

その年の秋七月、千住《せんじゅ》大橋北方に宿場町をつらねる千住上宿《かみしゅく》の茶屋で行なわれたある寄合が、三人組の押しこみに遭《あ》った。

寄合は、江戸の花川戸《はなかわど》から隅田川《すみだがわ》をさかのぼって、外川の荒《あら》川と内川の新河《しんが》岸《し》川流域の、秩父《ちちぶ》、入間《いるま》、新座《にいざ》、足立《あだち》などの、武蔵《むさし》各郡《こおり》と江戸を結ぶ舟運《しゅううん》業者に流域の主な河岸場の荷送《にそう》仲間が加わって、毎月開く定例の談合であった。

噂《うわさ》が、千住大橋を挟んだ上宿下宿《しもしゅく》十ヵ町からなる千住宿や、荒川と新河岸川舟運のそれぞれの河岸場の顔役らにひそかに流れたのは、押しこみに遭った訴えが、仲間より道中支配の勘定所へ出されなかったためである。

そのうち、舟運に携《たずさ》わる船頭や水夫《かこ》、河岸場の軽子《かるこ》、旅籠《はたご》の若い者や飯盛《めしもり》らの間にさえ噂が広まり、千住宿で毎月開かれるあの寄合ではご禁制の賭場《とば》が盛大に開帳されていたらしいと、尾ひれがついた。

八月初めの午前《ひる》の四ツ（午前十時）、千住掃部《かもん》宿にある川路屋《かわじや》九右衛門《きゅうえもん》の店を、四十を幾つか越えた年ごろのひとりの客が訪れた。

川路屋は、千住大橋から隅田川堤を東に四半町（約二七メートル）ほどはずれた岸辺に専用の船着き場を持つ、荒川新河岸川流域では大店《おおだな》に数えられる舟運業者で、主人の九右衛門は舟運仲間行事役の頭取《とうどり》を務めていた。

客は、おもに人足寄せの請人《うけにん》を表向きの稼業にしている馬ノ助《うまのすけ》という、江戸は両国界隈《りょうごくかいわい》の盛り場では顔利きの男である。

川路屋の客座敷に通された馬ノ助は、中背の肉づきのいい体軀《たいく》に用心深そうな狐目《きつねめ》の間から垂れ下がった大きな獅子鼻《ししばな》をひくひくさせつつ、主人の九右衛門を待った。

ほどなく煙草盆《たばこぼん》を提《さ》げて現れた九右衛門は、大柄な痩《や》せた背中を丸めた五十前後の男だった。

元は荒川を上り下りする平田船《ひらたぶね》を操るあらくれの船頭で、今でこそ舟運仲間を差配する行事役頭取ながら、すぎた日に脛《すね》に少々の疵《きず》を持つ身の面影《おもかげ》が、日に焼けた相貌《そうぼう》と刻まれた深い皺《しわ》に残っていた。

「……ところで、今日きてもらったのは先だって頼んだ一件だ。日がたつのは早い。あれから手だては進んでいるかい」

と、時候や近ごろの景気など差し障りのない談話を交わしたあと、九右衛門が用件をきり出した。

馬ノ助は頭《こうべ》を少し垂らし、ねっとりと濡《ぬ》れた唇を歪《ゆが》めて「へえ」とこたえた。

「白闇《しらやみ》の連《れん》に話は通っておりやす。両三日中には江戸に入《へえ》るはずでやすから、そのときにあらためてお知らせいたしやす。白闇の連なら仕事に手抜かりはありやせん。間違《まちげ》えなく、次の寄合の今月二十八日の、一両日前までには、綺麗さっぱりと片がつきやしょう」

「しらやみのれん、か。よかろう。こちらも三人組が誰《だれ》かはつかんでいる。まったく、とんでもないやつらだ。こちらがお上に訴えられないと見すかしているのが、腹だたしい。盗《と》られた金など知れているが、頭取役の顔を潰《つぶ》されてこれを放っておいては、今後の仲間内の差配に不都合が出る」

「まったくで。お任せくだせえ。きっちりと落とし前をつけさせやす。川路屋さんの顔に泥を塗りやがったやつらに、後悔させてやりやすぜ」

ふむ、と九右衛門は頷《うなず》き、長煙管《ギセル》に火をつけた。

馬ノ助はそこで、妙にふっくらとした赤い唇を舐《な》めた。

「で、先だって申しやした前金については、今日、よろしゅうございやすか」

「そのつもりさ。前金は半額だったたな。幾らだったかね」

「へえ。ひとり三十両が頭数三つで九十両。おそらく、仕事を片づけるのに事前の下調べや支度をこみの宿代が十両。あっしの仲立ち料が請け金の三割の三十両。〆《しめ》て百三十両の半額でやす」

「半額で六十五両。始末が終わって残りの六十五両か。安くはないが、これはつけなきゃならない落とし前だ。お上に支払う冥加金《みょうがきん》みたいなものと思えばいい。仲間内の入用でまかなえる」

九右衛門は長煙管を竹筒の灰吹きにあて、吸殻《すいがら》を落とした。

「だが、われらが仲間内に累がおよんでは困る。馬ノ助さん、そっちの抜かりはないだろうな」

「そのために、江戸者ではなく、少々高くはついても白闇の連に話を持っていったんでございやす。八州の裏街道で、白闇の連の名を知らないやつはろくな渡世人じゃありやせん。暗闇にまぎれてばっさりやるんじゃ、そんじょそこらの無頼漢の手口だ。その程度の者なら、幾らでもおりやす。だがやつは別格だ。

白昼堂々、ほとんど血も流さず始末をつけて、誰にも気づかせやせん。血は流しても、血まみれになったりはしねえ。跡が綺麗だ」

「白昼堂々、誰にも気づかせず、綺麗に始末する。だから、白闇の連だな」

「何しろ、北関東一の凄腕《すごうで》の掃除屋でやすので、値は少々張りやす」

「白闇の連のねぐらは、北関東のどこだい」

「まあ、それは川路屋さんはご存じねえほうがよろしゅうございやしょう。ともかくにも、白闇の連に任せておけば、あと腐れがねえというもんで……」

「あと腐れがないなら、誰をどう使おうとあんたの勝手だ」

九右衛門はそう言って立ち上がった。

縁側を閉じた腰障子の方へ悠々と近づいていくと、昼の明るみの射した白い障子が、九右衛門の後ろ姿をくっきりとした影で隈《くま》どった。

九右衛門は腰障子を両開きにした。

濡れ縁があり、庭に石灯籠《いしどうろう》と枝ぶりのいい松の木だちが見えた。庭を囲う柘《つ》植《げ》の生垣の向こうに、隅田川の紺色の水面《みなも》と対岸の樹林と樹林の間に建ち並ぶ小塚原《こづかっぱら》町の茅葺《かやぶき》屋根が望めた。

隅田川はゆったりと流れ、荷物を積んだ川船が下ってゆく。

「ふうむ、暑い日が続くな」

九右衛門は後ろ手に両手を組み、ぽつりと言った。

「へえ。こう暑い日が続いちゃあ、身体に堪《こた》えやすねえ」

「しつこいようだが、ともかく、それはこちらの与《あずか》り知らぬことだ。そこのところはくれぐれも、頼んだよ」

馬ノ助は九右衛門の影へ「お任せを」と繰りかえし、薄笑いになった。

馬ノ助を見送ったあと、九右衛門は居間から離れにつながる石畳に下りた。

離れは数寄屋《すきや》造りの茶室になっていて、梅の木が茅葺屋根にまで枝をのばしていた。

格子戸を開け、三和土《たたき》から上がり、衝立《ついたて》をおいた三畳の表の間から、閉じた襖《ふすま》に声をかけた。

「九右衛門でございます。開けますよ」

ああ、と襖の奥から男の返事が聞こえた。

襖を開けると、茶室の四畳半に鼠色《ねずいろ》の羽織に縞袴《しまばかま》、山岡頭巾《やまおかずきん》をかぶった侍がひとり、座っていた。

「お暑うございましょう。どうぞ頭巾をおとりください。ここは呼ばぬ限りうちの者は参りません。ただ今、茶をお淹《い》れいたします」

九右衛門は茶の支度にかかりながら言った。

「暑いのはいい。元柳橋《もとやなぎばし》の馬ノ助だったのだな」

「はい。このたびの掃除を頼みました。表向きは普請場《ふしんば》の人寄せを請け負っておりますが」

「卑《いや》しき男だ。信用できるのだろうな」

「素性卑しき者ですが、金のために動く、そういうところがわかりやすい男です。馬ノ助は信用できませんが、あの男が執着する金は信用できます。このたびの掃除は、ああいう男がうってつけでございます」

九右衛門が言うと、侍は山岡頭巾に隠した顔を頷かせた。

「急いですませてくれ。長引くとまずい。どういうきっかけでもれ出すとも限らん。用心せねば」

そう言って、指先で額に光る汗をぬぐった。

二

「りん、倫《りん》……」

秋の雲がたなびく青空に、若い澄んだ声が響いた。

薄緑に花柄小紋の涼しげな単衣《ひとえ》に、袖《そで》を橙《だいだい》の襷《たすき》で絞った娘が、黒塗りに桃色の鼻緒の駒下駄《こまげた》を、からからと鳴らして勝手口から走り出てきた。娘は、中庭の花の匂うにはまだ早い金木犀《きんもくせい》の灌木《かんぼく》の間に立ち止まって、

「倫っ、どこへいったの」

と、また甲高い声をあげ、中庭と縁側から腰障子を開け放った主人の居室を眺め廻した。

板塀に囲われた中庭には、葉を繁らせる金木犀の灌木の隙間《すきま》から弁慶草《べんけいそう》の赤紫の花が見え始めていた。

大人びた島田《しまだ》に黒髪を結ってはいても、娘の歳は十三、四。童女《どうじょ》からようやく娘になったばかりの、なだらかな頬《ほお》からほっそりと下《くだ》る首筋、そして前襟《まええり》の間に消える薄桃色の肌は、童女のときのままの瑞々《みずみず》しさである。

くっきりとした細い眉《まゆ》の下の大きな二重《ふたえ》の目が、ちょっと心配そうに曇っているのは、娘が朝ご飯をやったあと、どこかへぷいと出かけたまま姿が見えなくなった猫の倫が、四ツをだいぶすぎても帰ってこないためだった。

「お文《もん》、倫はいないかい」

勝手口からお梅《うめ》が、中庭へ顔をのぞかせ、灌木の間で左見右見《とみこうみ》しているお文に声をかけた。

「いない。どこへいったんだろう。もう、気まぐれなんだから」

お文は艶《つや》やかな唇を幼く尖《とが》らせ、下駄を鳴らしながら勝手口の方へ戻った。

「そのうち帰ってくるさ。ほっとけばいいよ」

お梅は孫ほど歳の違うお文へおっとりと言って、台所へ引っこんだ。

旦那さまと手先の樫太郎《かしたろう》が勤めに出かけたあとの、朝ご飯の片づけや掃除洗濯が終わってはや昼前の四ツ半（午前十一時）近く、お昼は《ひもかわ》にしようか、うん、花巻《はなまき》がいい、ということになった。

ひもかわとは平うどんのことで、花巻は蕎麦《そば》やうどんに焼き海苔《のり》をもんで散らし、おろしわさびを添えた間食や副食にされたかけ麺《めん》である。

お文はお梅の手打ちで拵《こしら》える《ひもかわ》の花巻が大好きで、「倫もお梅さんのひもかわは大好きだもんね」と言ってから、そう言えば倫の姿が見えないことに気がついたのだった。

つまらなそうに勝手の土間に入ってきたお文へ、お梅は麵の手打ちや出汁《だし》作りの支度にかかりながら笑いかけた。

「お文がとっても可愛がるから、かえってわがままになるんだよ。倫のことはいいから、お文は花巻のわさびをおろしておくれ」

「はあい。お梅さん、わたしにも手打ちを教えて」

「ふふ……やってみるかい」

うん、やりたいやりたい——と、好奇心の旺盛な年ごろのお文は、たちまちひもかわの手打ちへ気が向いた。

お梅は十年以上前、主人の祖父・清吾郎《せいごろう》が寝たきりになって、その世話のために雇われた深川《ふかがわ》の女である。半年後の翌年に清吾郎が亡くなったあと、主人に妻がいない事情もあって、この家の家事を引き受けることになった。

お文は、主人が童子のときに亡くした母親の妹の孫娘である。

母親の妹、すなわち主人の叔母《おば》は、内藤新宿《ないとうしんじゅく》の老舗《しにせ》菓子処に嫁いで今は隠居の身で健在である。

その孫娘のお文が、去年より行儀見習と称してこの家の奉公を始めたのは、行儀見習ならそれに相応《ふさわ》しい家柄の、と主人の勧めにもかかわらず、お文のほうが「どうしても、こちらで……」と望んだからだった。

どうやらお文の行儀見習は口実で、町方の暮らしが珍しいのと、元は剣術の道場主の家に生まれた祖母より、この家の旦那さまは江戸一番の武芸者なのですよと聞かされ、それにもおおいに関心をそそられたらしかった。

北御番所勤めの町方である主人は、「二本差しではあっても、町方ごときの家で行儀見習と言われてもな」と少し困った。

仕方なく、まだ小娘のいっときの好奇心が冷めればそのうちいやになって辞めるだろう、ぐらいに思って引き受けたけれど、それがまだなぜかいやにはならず、一年以上、続いている。

そうして今ひとり、木挽《こびき》町の地本問屋・文香堂《ぶんこうどう》の倅《せがれ》の樫太郎が、敷地内に建てた離れの四畳半に住んでいる。樫太郎は、家業の本屋の主人に納まるよりは戯作者《げさくしゃ》になるのが望みの、これも好奇心旺盛な若い衆だった。

見聞を広める狙《ねら》いで、岡っ引の室町《むろまち》の髪結《よし床》の嘉助《かすけ》親分の下っ引務めから始めた。十七歳の一昨年《おととし》、親分の引きで旦那さまの手先につき、去年、手先務めに何かと都合がいいので離れに越してきた。

六十前のお梅、十九歳の手先の樫太郎、十四のお文、そしてこの春厄年《やくどし》らしき主人の四人が、八丁堀は亀島《かめじま》橋に近い組屋敷に家族同様に馴染《なじ》んで暮らす住人である。

その家族に、純白の毛並が美しく器量のよい雌《めす》猫の倫が加わったのも、去年だった。

倫は大川向こうの深川の、わけありの女主《おんなあるじ》に飼われていたが、女主が亡くなってから、わけありにからんだ主人のあとに勝手についてきて、勝手に住みついた、ちょいと鼻高な猫である。お文が倫を膝《ひざ》に乗せ、

「おまえは変わったやつだね。でもね、旦那さまが一番変わった旦那さまだから、このお屋敷がおまえにはきっと、具合がいいんだね」

と言うと、倫が、にゃあ……と澄まして鳴いて、お文と倫はまるで年ごろの娘同士のような、いい相棒だった。

その倫が、朝ご飯のあとの散歩に出かけ、亀島橋の河岸場から気まぐれに乗りこんだ荷足《にたり》船の荷の上で、亀島川の心地よい川風に吹かれついうとうととし

ているうち、気がついて目覚めると、荷足船は大川をさかのぼっていた。

倫は荷の上で驚いて、にゃあ、と鳴いたが、船頭の操る櫓《ろ》は軋《きし》み、荷足船は大川の波間をゆったりとすすんでいった。

倫の知らない町の景色が川の両岸に続き、嗅《か》いだことのない匂いを嗅いだ。

諦《あきら》めて船任せにしている倫の目に、雲のたなびく青空と大川を跨《また》ぐ大橋が映っていた。

大橋を夥《おびただ》しい人が往来し、岸辺には荷船や屋根船が幾艘《そう》も舫《もや》い、川端には葭簀《よしず》がけの掛小屋や櫓《やぐら》がつらなり、数えきれないほどの幟《のぼり》や旗がひらめき、客寄せの呼び声や人々のざわめきが、波間をゆく荷足船の倫に聞こえた。

やがて荷足船は、大橋の袂《たもと》の河岸場へ漕《こ》ぎ寄せられた。

赤い褌《ふんどし》と胴着だけの軽子と呼ばれる人足が、河岸場の歩み板に待っていて、荷物の上の倫を指差し、笑っていた。

がさつな男たちだね……

とでも言いたげに倫はひと鳴きして、船が河岸場へ漕ぎ寄せる一間《いっけん》以上手前から軽々と歩み板に飛び移り、軽子らの裸足《はだし》の足の間をくぐり抜け、見知らぬ町の堤道へ走り上がったのだった。

するとそこは大きな盛り場で、色とりどりの鼻緒の下駄に草履に草鞋《わらじ》、白足袋《しろたび》黒足袋紺足袋に裸足、大きい足小さい足、急ぎ足に漫《そぞ》ろ足が絶え間なくゆき交い、身体がすくむほどの賑《にぎ》やかさだった。

それでもじっと留まっているわけにはいかないし、身体がすくむより好奇心が勝《まさ》って、いき交う足に蹴飛《けと》ばされないよう用心しいしい、倫は大通りを渡り始めたのだった。

右へ左へと人々の間をすり抜けてゆく倫の耳に、「両国名物、いくよ餅《もち》ぃぃ、両国名物……」の売り声が聞こえていた。

第一章　別嬪さん

一

翌朝、北町奉行所隠密廻《おんみつまわ》り方同心・萬《よろず》七蔵《ななぞう》は、内座之間《うちざのま》の縁廊下を仕きる明障子《あかりしょうじ》を背に、ぽつねんと端座していた。

閉じた明障子に、中庭に降る日射しが庇《ひさし》の影をくっきりと映し、中庭に植えた夾竹桃《きょうちくとう》の灌木の周りや石灯籠、屋根庇の間を忙《せわ》しなく飛び交う雀《すずめ》の影が、ちらちらと走っていた。

詮議所《せんぎしょ》で公事《くじ》の始まる刻限にはまだ間があって、所内は慌ただしくなる前の静けさに包まれている。

これが御奉行が登城し、公事人溜《だまり》の公事人が下番《かばん》に呼ばれる朝四ツの刻限になると、急に騒々しくなってくる。

七蔵は床の間と床脇の違い棚へ漫然と向き、倫の行方を考えていた。

倫がいなくなったことをお文から聞いたのは、夕べ、奉行所より戻ってからだった。お文は涙をぬぐいながら、

「昼から、お梅さんと二人で、八丁堀を、探し廻ったんですけどね。やっぱりね、見つからなくてね……」

と言いかけ、あとはすすり泣いて言葉にならなかった。

「お文、泣くのはおよし。今にふらっと、戻ってくるから」

お梅は、すすり泣くお文が可哀想でならないふうだった。

「ふぅむ。おれもそう思うな。どっかで気の合う仲間ができて、ついつい帰る刻限を忘れて、そいつと遊び廻っているんだよ。そのうち、暗くなったのに気がついて慌てて戻ってくるんじゃねえか」

台所の板敷への上がり端《はな》にかけ、七蔵はお文を慰めた。

「そうだよ。仲間の評判がよくて、仲間に引きとめられているのかもな」

と、樫太郎も気遣って言った。

「いえいえ。倫は綺麗な子だから、人さらいにさらわれて、どこかに連れていかれたんです。そうに決まっています」

猫が人さらいに、というのも変だが、お文の心配はよくわかった。

「よし。お文、おれともう一度探しにいこう。猫はそんなに遠くへはいかねえはずだ。きっと見つかるよ。いこう」

樫太郎が言って、お文はこくりと頷いた。

若い二人ははずむように夕暮れの町へ走り出ていき、お梅が「あんまり遅くなっちゃあいけないよ」と、追いかけて声をかけた。お文の様子では、ひと晩中でも探し廻りかねなかった。

だが、倫は見つからず、朝になっても帰ってこなかった。

お文はいつもどおりお梅と朝の仕事にかかりながら、じっと涙を堪《こら》えていた。可哀想だが、七蔵には慰めようがなかった。

倫はわけありの事情がらみの末に住みついた猫だけに、七蔵も愛着が湧《わ》いて気がかりでなくはなかった。

「人さらい、か……」

七蔵は、明障子を透して内座之間へ射しこむ淡い朝の光の中へ、ぽつり、とひとり言をこぼした。心配させやがって、と思った。

中庭側の縁廊下に足音がした。続いて背後の明障子がすべって、与力《よりき》の久米《くめ》信孝《のぶたか》が明るい中庭を背に内座之間に入ってきた。

「やあ、待たせた」

久米は継 裃《つぎかみしも》を着けた背中を丸め、床の間側に七蔵と対座し、地黒の痩せた頬を薄ら笑いに歪めた。そうして腰の尺 扇《しゃくおうぎ》を抜いて、

「なかなか涼しくならんな。寒いのはいやだが、暑いのも堪《こた》える。歳をとるというのは厄介《やっかい》だ」

と、頭を垂れた七蔵にいつもの早口で言いながら、忙しなく扇《あお》いだ。

「そうですな。朝夕はだいぶしのぎやすくなりましたが」

七蔵は頭を上げてこたえ、微笑《ほほえ》みを軽くかえした。

久米は四十七歳。北町奉行所に所属する与力ではなく、北町奉行・小田切土佐守《おだぎりとさのかみ》の内《うち》与力である。

内与力とは、町奉行に就職する旗本の、多くは旧来の家臣であり、旗本が町奉行職に就くのに伴って、事慣れた家臣を公用人、あるいは目安方《めやすかた》として採用する町奉行の側衆である。

数は十人ほどで、町奉行所掛《かかり》一万石のうちの八百石が、内与力への職 禄《しょくろく》にあてがわれている。町奉行所所属の与力が二百石取りに対し、十人で八百石は少ないが、旗本の旧来の家臣としての禄がこのほかにある。

ただし、町奉行の転役とともに内与力も役目を退かなければならない。

隠密の廻り方は役目柄が秘密探偵ゆえに、奉行に直属した。

久米は御奉行の内与力に就いて以来、奉行所内であっても人目をはばかる御奉行の隠密の指図を、隠密廻り方に伝える役目を負っていた。

久米に呼ばれたときは、たいていが御奉行の隠密の指図があったときだった。

与力と同心の間柄ながら、御奉行の隠密のお指図を共にする仲間意識を覚えるからか、久米は七蔵をいつも《まんさん》と呼んでいる。

七蔵も久米には、久米さま、と言うべきところを、久米さん、である。

「萬《まん》さん、御奉行さまよりお指図があった」

と、その朝も久米は早速きり出した。

「おうかがい、いたします」

中庭に飛び交う雀の鳴き声がのどかに聞こえ、久米はしきりに尺扇を動かしている。

「妙な噂が、今、千住宿で流れている。先月、千住大橋北の掃部宿で押しこみ強盗があった。襲われたのは《鮒《ふな》や》という寄合茶屋だ。といっても、怪我人や死人が出るほどの物騒な押しこみではなかったらしい。盗られた金額もさほどではなかったようで、それゆえにか、鮒やは道中支配の勘定方に押しこみの訴えを出さなかった」

　そこで久米は尺扇の手を止めて咳払《せきばら》いをし、すぐにまた動かし始めた。

「そのために、噂に尾ひれがついた。じつは、鮒やでは毎月末のどの日かに、荒川と新河岸川の舟運仲間に、河岸場のおもだった荷送問屋仲間が加わり、寄合が開かれていた。むろん、今月末にも開かれるだろう。みな江戸と荒川や新河岸川筋の各郡を結ぶ荷送と人の往来を担っている旦那衆だ。懐も豊かに違いない。寄合の談合がすんだあとは千住の芸者を揚げ、盛大な宴会になる」

「押しこみは鮒やというよりも、その旦那衆の豊かな懐を狙ったわけですね」

　七蔵が言うと、久米は鼻を鳴らして笑った。

「察しがいいね。そのとおり、押しこみは先月の寄合の開かれた日を狙って入った。人数は三人。覆面をしていてどこのどいつかは、むろん、わからない。鮒やの売り上げなど見向きもせず、二十人近い旦那衆の懐を、ごっそりとかっさらっていったと言うのだ」

「ごっそりとは、幾らぐらいで？」

「さあ、そこらへんは、訴えが出されていないから、定かにはわからない。たいした額ではないから鮒やは訴えを出さなかったが、いやいや本当は、旦那衆は少なくともひとり十両以上を懐にしていて、みなの金を合わせると二百両は超える、という噂が流れているわけさ」

七蔵は畳へ目を落とし、考えた。そして訊いた。

「寄合が開かれるのは、普通、昼間です。寄合がすんで、明るいうちから芸者を揚げて宴会になり、夜更けまで続く。三人は鮒やの売り上げなど見向きもせず、寄合の開かれているその座敷だけを狙って押しこんだ。なら、刻限はいつ、どうやって押しこんだんですか。鮒やの使用人やら、それなりの旦那衆ならお供の者らもいたのではありませんか」

「たぶん、いたろうな」

「旦那衆が二十人近く。それにお供の者ら。鮒やの使用人ら。場所は千住街道から日光奥州道《にっこうおうしゅう》へ続く千住宿。お上の定めで千住女郎衆は上宿下宿合わせて百五十人。実際はその二、三倍はいるでしょうから、嫖客《ひょうきゃく》が押し寄せ、夜更けまで賑わいが続く盛り場。飯盛を抱えない平旅籠の客も大勢いる。そんな賑わいのど真ん中で、明るいうちや宵《よい》のうちに押しこみなど、無理では……」

「無理だろうな」

「押しこみは、家人が寝静まってから、というのが定石です。つまり、夜が更けてさしもの千住宿も夜の静寂に包まれ、鮒やの使用人らが床についた刻限」

七蔵は考えてから「なるほど」と言った。

「旦那衆の寄合は、談合のあとの芸者衆を揚げての宴会、で、そのあとの夜更けのお楽しみが、たぶん、続いていたわけですね」

久米が扇子を扇ぎながら、からからと笑った。

「萬さんと話していると、通じやすいので楽でいい。押しこみの狙いは、月に一度の寄合の夜更けに開かれる、旦那衆の高額が動く賭場《とば》だった」

「賭場を開いていたんじゃあ、お上に訴えられぬわけだ」

「だから噂に尾ひれがついて、広まった。尾ひれでは、ひとり十両どころではない。押しこみは銀や銭は捨てて、金貨だけをかっさらった。それでも千数百両の金を盗られたと、言われている」

「それが本当なら、三人で運ぶだけでも重くて大変だったでしょう」

「あは……重くとも運び甲斐《がい》があったろう。あくまで噂だが、放ってはおけぬゆえ真偽《しんぎ》を調べてほしいと、勘定奉行さまからうちの御奉行さまに内々に協力の依頼があった。勘定所は、旦那衆がからんでいるのであまり大袈裟《おおげさ》にはしたくないらしい。萬さんにやらせろと、御奉行さまのご意向でな」

「承知しました。早速、調べます。そういう押しこみなら、賊は寄合の内情に詳しい者でしょうから、旦那衆に話を訊くことが肝心です。寄合を仕きっている行事役は誰ですか?」

「舟運仲間行事役頭取の川路屋九右衛門という男だ。千住の掃部宿に店をかまえている。しかし萬さん、この一件は、噂が本当でたとえ賊がわかっても、あとは勘定所に任せる。勘定所は旦那衆の賭場のことは不問にしたい。とにかく、仲間からの冥加金や運上金《うんじょうきん》は馬鹿にならないそうだから」

「勘定衆へのつけ届けも、大きいでしょうしね」

「大きいだろうね」

「それに、押しこみの中に勘定方とからんでいるのが見つかったりしては、ちょいと厄介ですしね」

七蔵は冗談ではなく言ったが、久米は意味ありげな笑みを作り、「そこから先は、流れで……」と、ぱたぱた、とまぜっかえすように扇子の音をたてた。

あと四半刻（三十分）もすれば、御奉行の登城の御駕籠《かご》が大門《おおもん》を出て、それから詮議所では公事物やら吟味《ぎんみ》物やらの詮議が始まる。

七蔵は表玄関を出て、羽織姿や肩衣《かたぎぬ》の公事人が表大門よりぞくぞくと所内へ入ってくるのを横目に見ながら、同心詰所へ戻っていった。

同心詰所で、黒鞘《くろざや》の大小と朱房がついた十手《じって》を独鈷《どっこ》の博多帯《はかたおび》に、きゅっきゅっ、と音をたてて差した。

幾ぶん日焼けした厳《いか》つい顔つきながら、七蔵の風貌にどことなくやわらかな愛嬌《あいきょう》が見えるのは、奥二重のきりりとした眼差しが母親譲りだからである。

野暮な御家人ふうを嫌った八丁堀ふうの刷毛先《はけさき》を軽く広げた小銀杏《こいちょう》と、五尺八寸（一七五センチ）の締まった体軀に、薄鼠に黒格子のよく似合う白衣《びゃくえ》、その上へ竜紋裏《りゅうもんうら》に三つ紋の絽《ろ》の黒巻羽織を着けている。

七蔵が同心詰所で出かける支度をしていると、机に向かっていたこの春十三歳の初出仕となった無足見習が、隣の十七歳のざ瘡《そう》（にきび）だらけの物書並《ものかきなみ》格《かく》見習に、ひそひそと訊《たず》ねた。

「この前聞いたんですけど、あの萬《よろず》さん、夜叉萬《やしゃまん》という綽名《あだな》なんですってね。ちょっとあぶない人だって。なんで夜叉萬なんですか」

ざ瘡だらけの見習は、人差し指を唇にあて、

「しっ。聞こえるよ」

と、新米の無足見習を声をひそめて制した。

「あの人はね、ひとたび逆上したら、見境なく暴れ出して手がつけられなくなるそうだからね。手加減をするとか、周りの様子を配慮するとかが、できない人なの」

「へえ？　それが夜叉萬なんですか」

「見境なく暴れ廻っているだけなのに、本人は悪をくじくために夜叉の鉄槌《てっつい》を下していると思いこんでいるのさ。本所や深川あたりの悪《わる》が、闇から闇へ夜叉萬にずいぶん葬《ほうむ》られているって、そんな評判も聞くしね」

「ええっ、幾ら相手が悪だからって、町方がそれでいいんですか」

「いいわけないだろう。でも仕方がないよ。陰で深川あたりの貸元とつるんで相当裏金をとっているって噂もあるけど、あの人にはあぶなくて誰も何も言えないんだから」

「御奉行さまは、どういうおつもりなんですか」

「ああ見えて、御奉行さまには昔からこれが上手《うま》いのさ」

見習は無足見習に、机の下でごまをする仕種をして見せた。

「だけど、確かに強そうですね。奉行所では夜叉萬に敵《かな》う人はいないって、聞きましたけど。見てみたいな」

「どうだか。まともにやって強いかどうか、知れたもんじゃないよ」

物書並格見習と無足見習は机を並べた詰所の片隅から、ちらちらと薄笑いを七蔵へ投げていた。

と、同心詰所を出かかった七蔵が詰所の片隅の無足見習と物書並格見習へ、愛嬌のある見開いた目を投げ、薄笑いの二人の目と合った。

あっ、と声をそろえて二人は顔を伏せ、身を縮めた。

七蔵は、ふむ、と誰にともなく頷き、詰所をあとにした。

廻り方は、紺看板に梵天帯《ぼんてんおび》の諸道具が入った御用箱をかついだ中間《ちゅうげん》に、同心雇いの手先を二、三人は従えているが、捕物にあたらない隠密廻り方の七蔵は黒塗りの一文字笠《いちもんじがさ》をかぶり、ひとりで表門を出た。

奉行所環濠《かんごう》の木橋を渡って、門前の通りを呉服橋《ごふくばし》御門へとった。人はこの七蔵を、《夜叉萬》とときには侮《あなど》り、ときには恐れるけれど、背中に胼《ひび》をきらすにはまだ早い、四十をひとつ二つ廻ったばかりである。

そんな七蔵の一文字笠が影を落とす黒羽織の肩に、夏を惜《お》しむつくつくぼうしの鳴き声が、降りそそいでいた。

二

手先の樫太郎は、八丁堀の坂本町《さかもと》にある町方の手先の溜場《たまりば》で、七蔵の御用の声がかかるのを待っている。

八丁堀には、ほかにも町方の手先らが集まる溜場があって、手先らはその溜場で噂や評判を交換し、ときには旦那を替える相談をしたりもする。

樫太郎はいつもの浅黄《あさぎ》の単衣を尻端折《しりはしょ》りにして、黒の股引《ももひき》に黒足袋の、以前は草鞋履きだったが、このごろは草履である。

「樫太郎、いくぜ」

七蔵に呼ばれ、樫太郎は溜場を飛び出した。

日本橋魚河岸の朝の書き入れどきはすぎたが、橋詰の河岸場は漁船や薪《まき》船、荷足船の出入りが途絶えず賑わいは続いていた。河岸場から運行している乗合船の船頭が、「駒形《こまがた》、両国、金龍《きんりゅうさん》山まで乗り合い」と客を呼んでいる。

七蔵と樫太郎は、金龍山まで乗合船を使った。

そこらへんは浅草川《あさくさ》とも言う隅田川の金龍山の河岸場で乗合船を下り、新鳥越橋《しんとりごえ》から千住街道を千住大橋へとった。

処刑場のある小塚原をすぎて中村町《なかむら》、次の小塚原町から長さ六十六間、幅四間の千住大橋が掃部宿へ架かっている。

橋の南側・小塚原町でも北側の掃部宿でも、昼間から客引きの声が賑やかだった。このあたりは千住茄子《なす》や千住鮒、また尾久《おぐ》のあたりで獲れる鰻《うなぎ》が大きくて味もよいと評判の土地である。

橋の下の紺色の川面を荷船が波をかき分けてさかのぼり、川風が大橋を渡る七蔵と樫太郎の頬をなでた。

「旦那、最初はどちらへ」

と、樫太郎が往来の多い大橋を渡りながら訊いた。

「あそこの、船着き場に荷物を積み上げた店が見えるだろ」

七蔵は隅田川の川上を指差した。

「ああ、あの柘植《つげ》の生垣に囲われた庭のある店でやすね」

「それだ。舟運仲間行事役の川路屋九右衛門に、まずは会って話を訊く」

七蔵は大橋の橋板に、雪駄《せった》を軽やかに鳴らした。

「これはこれは、江戸よりはるばるこのような片田舎へ、お役目ご苦労さまでございます。川路屋の主《あるじ》・九右衛門でございます」

川路屋九右衛門は深々と頭を垂れて、瘦身《そうしん》の背中を丸めた年配の商人の風貌ながらも、張りのある声を響かせた。

「片田舎などと、とんでもねえ。千住は江戸四宿のひとつ、日光奥州道の首駅だけあってたいした賑わいだ。久しぶりに千住まで足をのばし、いつきても千住の人出の多さには驚かされる」

案内された座敷は、両開きにした腰障子の縁先に、柘植の垣根に囲われた瀟洒《しょうしゃ》な庭と垣根の向こうに隅田川が眺められた。

「ありがたいことでございます。さようですね。二町ほど北へとった継ぎたて問屋のございます大千住になりますと、店数は千二百軒を超えており、そのうち飯盛を抱える旅籠屋だけでも八十二軒。千住女郎衆は髪形を吉原遊女と同じにそろえておりますので、値段は安く器量は吉原並みと、江戸からもお客が大勢遊びにこられ、評判も上々らしゅうございます」

「そうだろう、そうだろう。評判は聞いているよ。ところで、川路屋さんがこの千住で舟運業を始めたのは、いつだね」

「はい。親より受け継いだ根っからの船頭でございます。かれこれ三十年前、雇われではなく手前で一杯の船を持ち、舟運を始めましたのは父親でございます」

「一杯の船から始めたのが、今じゃあ、たいしたものだ」

七蔵は出された茶を喫しながら、柘植の垣根越しに見える船着き場に舫《もや》う数艘の船を眺めて言った。

「どうにかこうにか、やってこれました。商《あきな》いが大きくなり人も増えれば、気苦労も大きくなり、厄介な事も増えますので」

「川路屋さんは荒川と新河岸川の舟運仲間の、行事役だったね」

「未熟者ではございますが、古い仲間たちからやれと言われればいやとは申せません。少しでも仲間のためになるよう、今は行事役の頭取を務めさせていただいております」

「頭取役なら立派なもんだ。すると、毎月千住で開かれる舟運仲間の寄合は、当然、川路屋さんが差配なさっているわけだ」

「わたくしが、寄合を仕きらせていただいております」

九右衛門は七蔵に問われるのを承知していたかのように、頬を穏やかにゆるめて頷いた。

「舟運仲間だけじゃなく、河岸場のおもな荷送問屋の仲間も加わった寄合と聞いているが……」

「さようでございます。わたくしども舟運と陸の荷送が手を携えて、人や物の流れをよくすれば、ときと費用の無駄が省け、お客さまのお得になります。十年前、わたくしが頭取になりましてから案を出し、始めた寄合でございます」

「さすが、目のつけどころが違う。十年も続いているのかい。場所は確か、掃部宿の寄合茶屋の鮒やさんだったね」

「鮒やさんとも、長いおつき合いをさせていただいております。今月も二十八日に、鮒やさんでお願いいたしております」

「寄合の日は決まっていないんだな」

「決まっておりませんが、毎月末に近い日に開くのが慣わしになっております」

「先月はいつ開かれた」

「先月は二十六日でございました」

「先月の川路屋さんらの寄合を、旦那衆の豊かな懐を狙った押しこみが襲ったという噂を聞いてね。噂では三人組だった。川路屋さん、事情を訊かせてもらいてえんだ」

「あ、はい。と申されましてもですね、お役人さま……」

九右衛門の笑みが苦笑になった。

「先月二十六日のわたくしどもの寄合が押しこみに襲われたという噂は、まことのことではございません。確かにその噂はわたくしどもに入ってきており、おかしいやら困惑するやらでございます。もしかしたら、別のところでそのような一件が起こり、何かのいき違いでわたくしどもの寄合のことになってしまい、不届きな噂が流れたのでございましょう。まことに迷惑な噂でございます」

「そうかい。押しこみはなかった。噂はでたらめかい」

「お役人さまのお訊ねでございますので、このさい、はっきりと申し上げますが、まったくのでたらめでございます。もしも押しこみに襲われましたなら、道中支配の御勘定所へ、訴え出ます。当然のことでございますね。しかしながら、起こっていないことを、訴えるわけにはまいりません」

「そりゃあ、そうだ」

そこで七蔵と九右衛門は、高らかな笑い声をそろえた。

「ま、御用は御用として、お役人さま。まだ昼のころ合いでございます。江戸より遠い道のりをお越しになられ、喉《のど》が渇きお腹もおすきでございましょう。お若いお役人さまのお年ごろですと、すぐにお腹がすきますからね。田舎のろくな物ではございませんが、ただ今支度をさせます。何とぞ、御用の合い間のご休息をおとりになられ……」

「いや、川路屋さん、お気遣いはありがてえが、遠慮させてもらうよ。妙な噂がお上にも届いているので、念のために調べているだけでね」

それよりもうひとつ訊ねるが――と、七蔵はさり気なく言った。

「寄合の談合がすんだあとは、どうするんだい。仲間同士で宴会になり、賑やかに呑んで騒いで、ということになるんだろうね」

「まあ、これからもお互い励みましょう、という意味合いの、仲間内のささやかな宴でございます」

「千住の綺麗どころをたくさん呼んで、三味線《しやみせん》に鉦《かね》や太鼓も賑やかに、だね」

「ええ、まあ、そういうこともございますね」

「で、宴会のあとはどうなるんだい」

それにも九右衛門は、予期していたかのごとくに「ふむ」と頷いた。

「あの、お役人さま。千住は宿場でございますので、御勘定所の道中支配を受けております。支配外の町奉行所のお調べというのは、何かほかにご不審な事柄がございますのでしょうか」

「そうじゃねえんだ。借金やら土地の境界やらのもめ事なら、町奉行所の出る幕はねえ。だが、押しこみの類はたいていひとつの宿場で収まらず、江戸市中、あるいは八州にまたがる話になって、勘定所だけでは始末がつかねえ。勘定所、町奉行所、両支配の力を合わせる事態もないとは限らねえ。だからそういう凶悪な一件の噂が入ると、町奉行所も調べておかなきゃあならねえ。だから一応、念のために訊ねているだけさ」

「さようでございますか。ご苦労さまでございます」

「で、宴会がお開きになったあとなんだが……」

「むろん、寄合はその宴会をもちまして終わりでございます。わたくしはこちらへ戻りますが、遠路はるばる、という方もいらっしゃいますし、夜も更けております。ですからみなさん、寄合のために千住に定宿をお決めになっておられますね」

「じつは、押しこみは寄合というより、寄合のあとに鮒やで開かれるお仲間同士の賭場の賭金《かけきん》を狙ったという噂なんだ。言うまでもなく、みなさん、お金持ちだ。懐は豊かで、当然、賭金は大きくなる。十両二十両の端金《はしたがね》じゃねえ。その賭金を狙った押しこみというわけさ」

「ほほお、十両二十両が端金でございますか。それは埒《らち》もない噂に、尾ひれが相当ついておりますようで。一銭二銭を惜しむのが商いでございます。だいたいが、その鮒やさんでの賭場と申しますのは、どれほどの賭金がうなっておったのでございますか」

「数百両どころか、千両をはるかに超える金が動くという噂だ。ひとり一人の懐の金は百両やそこらでも、お仲間の懐の金を全部集めれば千数百両になる勘定だ。押しこみは、寄合のあとに開かれるその賭場に、お仲間同士の千数百両もの金がうなっていることを知っていた」

「千数百両でございますか？　それほどの賭場を、いったいどなたが胴元になって仕きるのでございますか。胴元はどちらの親分さんでございますか」

「噂では、そこまではわからねえ。けれど川路屋さん、みなさん、お仲間同士だ。胴元を廻り持ちということもできるし、行事役頭取の川路屋さんが胴元になることも、できるんじゃねえかい。それがあたり前すぎて、噂にのぼらねえだけかもな」

九右衛門は口をへの字に結び、片方の眉を大きく歪めた。短い沈黙をおき、

あはは……

と、抑えきれぬように笑い声を響かせた。

「ご冗談はおやめ願います。ご禁制の賭場をわたくしが胴元になって開くなど と、あんまりなお言葉ではございませんか」

「すまねえ。疑っているんじゃねえんだ。そういうことも言えるんじゃねえか という、譬《たと》え話さ」

七蔵は自分の小銀杏を軽く叩《たた》いて、首をすくめて見せた。

「寄合のあとにお仲間同士の賭場が開かれ、高額の賭金を狙って押しこみが入ったという噂がある。ただの噂だから、川路屋さんの口から直に真偽を確かめれば、それで調べは終わりだ。お歴々の旦那方が、そんなことはするわけがねえと、こっちは思っているんだぜ」

「お役人さまが事の真偽を根掘り葉掘りお調べになるのは、お役目のことでございます。お役人さまに苦情を申すのではございません。ではございますが、

宴会のあと仲間が、どこで、誰と、どのようにすごそうと、行事役頭取とは言え、わたくしのとやかく申すことではございません」

　九右衛門は顔つきをあらため、さらりと言った。

「普段は身を粉にして稼業に専念し、月に一度、わたくしどもの寄合を口実に、羽目をはずすのを楽しみにしている方もおられるでしょう」

　ふむ、ふむ、と七蔵はいちいち頷いた。

「何々屋さんがどこぞの寺の賭場で大損をしたとか、誰々さんが千住のなんとかという女郎を落籍《ひか》せたとか、そういう話はあとからいろいろと聞こえてまいります。仲間の間でむろん話の種にはなりますが、大人が自分の稼いだ金ですから、それぐらいはよろしいのではございませんでしょうか」

「もっともだ。こちらもお仲間の誰が何をしようと、事細かに詮索するつもりや咎《とが》めるつもりはねえ。これも役目でね。まあ、押しこみの噂はとんだでたらめだった。まったく、人騒がせな噂だったね」

「まことに、迷惑な噂でございます」

「よし。御用はすんだ。樫太郎、いくぜ」

　後ろに控えた樫太郎が「へい」とこたえ、九右衛門が「ご苦労さまでござい

ました」と、また深々と頭を下げた。しかし七蔵は、浮かしかけた腰をなおし、

「あ、ところで、勘定所の役人が川路屋さんらの寄合に招かれる、ということはあるのかい」

と、事のついでのささいな念押しのように訊いた。

「はあ？　御勘定所のお役人さまを、でございますか」

「そうさ。勘定所の役人、つまり勘定方は舟運仲間や荷送問屋の冥加金、運上金をとり扱っている役人だ。掛の勘定方を寄合に招いて、あとの宴会で盛大にもてなすということはあるのかい。運上金に手心を加えてもらおうとか、お上の内情をこっそり聞き出そうとかの袖の下を疑って言うんじゃねえぜ。あくまで、役目上のつき合いのお役人を接待する、という意味でさ」

「それはございます。掛のお役人さまと業者と申しましても、根は人と人のつながり、縁《えにし》でございます。わたくしどもの稼業をより有益な寄合にしていくご助言をいただくために、お招きいたしましたことは何度かございます」

「勘定所のどういう役人を？」

「どなた、と決まった方はございません。いつの場合でも、組頭と配下の方、二、三人をお招きいたしております。道中方は申すまでもなく、運上方、吟味

物の掛のお役人さま方でございます。寄合からその後の宴において、胸襟《きょうきん》を開きさまざまな事柄を歓談させていただいております」

「役人はみな、ずっしりと重い手土産《てみやげ》を提げ上機嫌で帰っていくんだろうね」

「ご助言をいただいた、ごく月並みなささやかなお礼でございます」

「中でも、寄合の仲間が何かと世話になっているこの方という役人が、いるだろう。差しつかえなかったら、名前を聞かせてくれねえか」

「世話になっているというのであれば、どのお役人さまにもお役目なりのお世話になっております。怪しい談合をしているのではございません。お役人さまには、公明正大なお指図をお受けいたすのみでございますので、どなたがと名を訊かれましてもねえ……」

九右衛門は大仰な身ぶりで、首をひねって見せた。

三

四半刻後、七蔵と樫太郎は掃部宿の寄合茶屋《鮒や》を出て、宿場の往来を千住大橋の方へ戻っていた。

のどかな昼下がりの往来は白々とした日射しが降りそそぎ、まだ汗ばむほどの陽気だった。往来の人通りや、軒をつらねる表店はみな瓦《かわらぶき》葺で、粗末な板葺屋根や鄙《ひな》びた茅葺屋根はなく、千住宿の賑わいぶりがうかがえた。

川路屋から鮒やへ向かい、先月二十六日の押しこみの一件の訊きこみをしたが、鮒やの亭主の話は、九右衛門から聞いた話をそっくりそのままなぞったばかりだった。

押しこみなどなかったたし、寄合のあとに開かれる高額の賭金が動く賭場についても、亭主は一笑に付した。

「みなさん、一廉《ひとかど》の旦那さま方でございます。ご禁制の賭場などと、根も葉もない噂にすぎません」

ただ、鮒やは往来からそれた掃部宿のはずれにあって、裏手は足立郡の田園が西から北へはるばると広がり、北は数枚の田畑の向こうに大千住の町並、そして宿場を横ぎる往還の並木が、田園の中につらなって見えた。

鮒やの二階家の裏に漆喰《しつくい》塗りの大きな土蔵が建てられており、暗くなってこの土蔵で賭場が開かれていたとしても、誰も怪しみはしないと思われた。

しかし七蔵は、それ以上の詮索はしなかった。

九右衛門や鮒やの亭主は、ご禁制の賭場を開いていたことを隠すために押しこみはなかった、とつくろっているのかもしれなかった。

けれど、どのみち死人が出たわけではなし、暮らしに困らぬ旦那衆の懐が少々痛んだぐらいである。

「樫太郎、ちょっと遅くなるが、橋場《はしば》町へ寄り道し、真崎稲荷《まさきいなり》の酒楼に上がって隅田川の景色を眺めながら、名物の真崎田楽《でんがく》で昼飯にしようぜ。橋場の言問《こととい》の渡しで船が上手く雇えれば、船で日本橋まで戻る手もあるし」

宿場の往来を千住大橋の方へいきながら、七蔵はのんびり言った。

「いいっすねえ、旦那」

樫太郎が七蔵の背中へこたえた。

真偽はわからねえ。わかっているのは、どっちもどっちってえことだけだ、と考えていたときだった。

「おやっ」

七蔵は思わず、声をもらした。

へい、御用で――と、樫太郎が言った。

「樫太郎、こっちだ」

七蔵は煙管《キセル》屋の店の庇下《ひさしした》へ身を運び、歩調をゆるやかにした。そして、ゆるやかに歩みながら、往来の先の千住大橋から目を離さなかった。

ゆったりと反った大橋には、多くの人や荷馬がいき交い、橋の上には青空が広がっていた。樫太郎が七蔵の背中に、

「旦那、何が……」

と、小声で訊いた。

七蔵は一軒の旅籠の店先で歩みを止め、旅籠の様子を見るふりをしながら大橋へ目を投げた。

客引きをしている女が七蔵と樫太郎に気づいたが、江戸の町方の黒羽織と知っているらしく、声をかけてはこなかった。

「樫太郎、橋を渡ってくる鼠《ねず》の羽織に縞《しま》の着物の男が見えるかい」

「へえ、見えやす。尻端折りの子分を二人従えた小太りの……」

「それだ。あんまりじろじろ見るんじゃねえぞ」

「へえ……」

大橋を掃部宿の方へ渡ってくる三人の姿が、いき交う人にまぎれて見え隠れしている。三人の様子は堅気に見えなかった。

「前の男はな、馬ノ助という両国の元柳橋の口入れ屋だ。河岸場の人足やら普請場の人寄せやらをやっている」

「恐そうな顔つきに見えやす。旦那のことを、知っているんでやすか」

「いや。面識はねえ。馬ノ助には一年以上前から、内偵が入っているんだ。おれの掛じゃねえが」

七蔵は定服の黒羽織の腕を組み、大橋を見やりながら片手で顎《あご》をなでた。

「へえ、内偵が。どういう男なんでやすか」

「馬ノ助の人寄せ稼業には、いろいろあぶねえ噂が絶えなくてな」

「あぶねえ噂、ってなんでやす？」

「馬ノ助の普請場では、よく雇われた人足が容赦ない折檻《せっかん》を受けて亡くなるって話が入ってくる」

「折檻を受けて亡くなる？　弄《なぶ》り殺されるってことでやすか」

「噂だがな。以前、御用屋敷から馬ノ助の人寄せを調べる願い出があった。どうやら八州で追われている無頼の輩《やから》を奉公人という表向きで手下《てか》にし、そいつらに強引な人寄せをさせているらしい。八州廻りが、江戸の馬ノ助がお尋ね者を匿《かくま》っているんじゃねえかと、怪しんではいるんだがな」

「怪しんでいるのに、なんで放っておくんでやすか」

「怪しいというだけで、尻尾《しっぽ》がつかめねえ。したたかな男だそうだ。野郎、千住になんの用があるんだ。樫太郎、知らねえふりをして通りすぎるぜ」

「承知しやした」

馬ノ助と手下らは大橋を渡り、橋の袖に差しかかっていた。

往来の先の町方の黒羽織の七蔵や樫太郎に気づいていないか、気づいていたとしても気にしていないふうである。

七蔵と樫太郎は千住大橋へとった。往来には客引きの声があちこちでし、荷馬の列が七蔵らとすれ違った。

するとそのとき、馬ノ助ら三人は大橋の袖から宿場の往来ではなく、堤道の方へ折れた。折れたのは川路屋がある方角である。

七蔵は歩みが早くなった。

千住大橋の袖まできて川路屋の方角を見ると、馬ノ助らの後ろ姿が川路屋へ入っていくのが見えた。

「ああ、旦那、川路屋へ入っていきやすぜ」

樫太郎が七蔵に並びかけ、ぼそ、と言った。

「馬ノ助は川路屋の仕事を、何かしているのか」

「ただの口入れ屋の仕事でやすかね」

「どうかな。気になるな。ふぅむ……」

七蔵はうなり、「気になりやすね」と樫太郎がこたえた。


日光奥州道、千住宿と草加《そうか》宿の間の竹ノ塚《たけのづか》村はずれに一里塚がある。

その一里塚の楓《かえで》の木のそばに、茅葺小屋の茶店が建っていて、小屋の粗末な格子窓から、竈《かま》で薪の燃えている薄い煙がのぼっていた。

茶店の軒庇には《そばきりうどん団子》の提灯《ちょうちん》とお休み処の旗が垂れ、軒庇の下に荒むしろを敷いた長腰掛が二台、街道側に並んでいた。

長腰掛は楓の木陰になっていて、そこに旅人《たびにん》がひとり腰かけ、竹の皮にくるんだ握り飯を骨張った指先でつまみ食っていた。

旅人は、細縞の引き廻しの合羽《かっぱ》を脱いで大風呂敷《おおぶろしき》にくるんだ柳行李《やなぎごうり》の上においていたが、頭につけた網代笠《あじろがさ》はとらず、顔だちはわからなかった。

道中差しも携えず、濃い山桃色の着物を尻端折りにし、黒の手甲《てっこう》、黒の股引に黒い脚絆《きゃはん》をつけ、黒足袋に草鞋の目だたぬ旅姿は、在郷の小商人の風体に見えなくもなかった。

握り飯は、前夜、旅人がとった越谷《こしがや》の宿で頼んだ昼飯だった。

手拭《てぬぐい》を女かぶりにした茶店のおかみさんが、盆に載せた茶碗を運んできた。

「ありがとうございます」

旅人は網代笠に隠れた顔を、おかみさんへすまなそうに垂れた。

「お客さんはこれから、江戸へいきなさるのかね」

年配のおかみさんが、むっちりとした指で茶碗を旅人のそばへおき、気さくに声をかけた。

「へえ。宇津宮《うつのみや》から旅をしてまいりました。薬の行商でございます。かけばをいたしております江戸のお得意さま廻りで、ございます」

旅人は小声でこたえた。

かけば、とはあらかじめ薬品を各戸におき、半年後や一年後に使用した分だけの代金をとりたてる掛売りの商いである。かけば帳というものがある。

「おや、お客さん、薬売りかね。おら、このごろ腰が痛くって、困っているんだ。何か、いい薬はねえかい」

おかみさんは拳《こぶし》で腰のあたりを軽く叩いて言った。すると旅人は、

「いろいろ、ございますよ」

と、網代笠の下から二重瞼《まぶた》の切れ長の目に鼻筋のとおった彫りの深い相貌を優しげに微笑ませ、おかみさんへ向けた。歳のころは若くも、ひどく老けこんでいるふうにも見えながら、壮年の静かな落ち着きが備わっていた。

旅人は指を手拭でぬぐい、風呂敷包みをといて柳行李を開けた。中から桐《きり》の仕きり箱を出して、蓋《ふた》をとって見せた。

おかみさんが「ほお」とのぞくと、桐の箱の中はさらに幾つもに仕きってあり、さまざまな薬がつめてあった。

「桐の箱は薬が湿らないので、いいのです。散《さん》、湯《とう》、丸《がん》、丹《たん》、錠《じょう》、膏《こう》、薬にはいろいろございます。おかみさん、腰が痛いと仰《おっしゃ》いましたが、便通のほうはいかがでございますか」

「おや、そうなんだよ。近ごろちょいとね、便秘なんだよ。薬屋さん、見るだけでよくわかったね」

「いえいえ、そう仰る方が多いので、そう言えば、たいていあたるだけでございます。それではおかみさん、これを湯に溶いてお飲みなさい」

旅人は仕きりのひとつの散薬を厚紙の袋に入れて、差し出した。

「桃仁《とうにん》、紅花《べにばな》、大黄《だいおう》の粉薬です。便秘に効き目がございます」

「まあ、これが。嬉しいねえ。ありがとう、薬屋さん。お代は幾らだい」

「わずかでございます。どうぞ、お代はけっこうでございます。それを飲んでも、まだ腰に痛みが残るようでしたら、水仙《すいせん》の根をすって和紙にのばして痛いところに貼れば、効果がございます。ためしてみられてはいかがですか」

「わかった。水仙はここらへんに幾らでも成るから、つんでためしてみるよ」

おかみさんはほがらかに言って、茶店の奥に入って旅人に「こんな物でお礼と言ってはなんだけど、薬屋さん、食べて……」と、団子の皿を持ってきた。

それから旅人とおかみさんは、薬や身体の具合のことなどをあれこれ話したあと、旅人は「では、わたしはこれで」と引き廻し合羽に柳行李を背負って、街道を江戸へとった。

むろん、茶店のおかみさんは団子代と茶代を断固としてとらなかった。

江戸は馬喰《ばくろ》町の旅人宿《柊屋《ひいらぎや》》に旅人が入ったのは、その日の夕刻だった。

旅人は宇津宮の薬の行商で、平一《へいいち》と名乗った。

宿の者が案内した二階の部屋は、東向きに出格子の窓があり、重なる屋根の向こうに初音《はつね》の馬場と、夕空を背にした御用屋敷の物見の櫓《やぐら》が眺められた。

薬屋の平一は宿帳に名を記してから、「お得意さま廻りで十日ばかり、宿をとらせていただきます」と亭主に言った。

「この十五日ごろに、富ヶ岡《とみがおか》八幡宮の祭礼執行があると聞いております。いい機会ですので、祭り見物を楽しもうかとも、思っております。わたしのような田舎者には、江戸の祭りとはどんなに賑やかか、今から楽しみでなりません。国の者にも、いい土産話になりましょう」

「さようでございますか。去年の大祭では永代橋《えいたい》が落ちる大きな災難が起こりまして、人も千人以上が亡くなったり行方知れずになったりで、今年の催しはあやぶまれましたが、永代橋も本普請に架け替えられ、どうにか祭礼は執り行なわれるようでございます。こういうときは逆に無理をしてでも、ぱっとやったほうが、世の中が明るくなってよろしゅうございますからねえ」

亭主が、「夕飯は……」「風呂は……」と告げて座敷を出ると、平一は荷物の大風呂敷をといた。

柳行李から桐の薬箱、着替え、帳簿、矢立《やたて》、算盤《そろばん》などをすべて出し、それから空になった柳行李の底網を二、三度左右に小さく動かした。

すると底の網が蓋のようにとれた。柳行李はわずかな隙間のある二重底になっていて、白い晒《さらし》を巻いた物と細長いお札のような物が、油紙にくるんであった。平一はそれらをとり出し、二重底の蓋を戻した。

油紙をとると、鏡のような刃渡りに刃文がゆらめく茎《なかご》のある一尺少々の刀身だった。そして、晒に巻いたのは、白木の鞘と柄《つか》である。

平一は刀身の茎を柄に差しこみ、目釘《めくぎ》を正確に打って区《まち》をしっかりと止めた。柄を握って片手でふり下ろした。それから逆手に持ち替え、左右にふり廻した。長さ一尺七寸三分（約五二センチ）、白木の鞘と柄の、鍔《つば》のない仕こみである。

仕こみを鞘に納めたとき、誰ぞの眼差しがそそがれているのを感じた。

咄嗟《とっさ》に鋭い目を周囲に投げ、次の瞬間、その目と平一の目が合った。

出格子窓の手すりの上に、真っ白な猫がぽつんと座り、平一を見つめていた。

猫は背にした濃い紺色に濁ってゆく夕空に、その輝く白い毛並によって、しんなりとした、そしてさらさらとした純白の模様を描いているかのようだった。

そうして、くっきりと吊《つ》り上がった目をまばたきもさせなかった。

「いつからいたんだ。びっくりさせるじゃないか」

平一は眼差しをゆるめ、白猫へ笑みを投げた。

白猫は寂しげな声で小さく鳴いた。手すりからしなやかに部屋の畳へ下り、音もなく歩んで、平一の膝へ飛び乗った。それから、しな垂れかかるように、平一の身体に身をすりつけた。

猫の温もりと重みが、膝にやわらかく伝わった。

「人なつっこいやつだ。器量自慢だな。雄《おす》か雌か？」

平一が後ろ足を上げて見ると、やめて、と言うみたいにまた小さく鳴いた。

「そうか、別嬪《べっぴん》さんだな。家はどこだ。ご主人はいるのか。亭主持ちか。それともおれと同じ、ひとりぼっちか」

すると窓の外の夕空いっぱいに、隅田川で打ち上げられた花火が鮮やかな赤と黄の花を開かせた。続いて、

どおおん……

と鳴り響き、波のような人々のざわめきが遠くに聞こえた。

毎年五月二十八日から八月二十八日まで、両国の川開きになる。その間、大川の船遊びが許され、客の打ち上げる花火が人気で、夜ごと、夥《おびただ》しい見物人が両国に集まり、花火見物を楽しんだ。

「両国の川開きか。懐かしい。二十数年ぶりだ。とうとう江戸に、戻った……」

平一は毛に覆われた白猫のなだらかな身体をなでながら、次々と打ち上げられる夕空の花火を見上げて、別嬪さんに呟《つぶや》きかけた。

大きく見開いた白猫目に、光が次々と交錯していた。

四

その半刻ほどのち、両国の花火の音はかすかに聞こえるが、屋根の上の物干し台にでものぼれば、東の夜空の彼方《かなた》に小さな光の花が見える鎌倉《かまくら》河岸。

お濠《ほり》の堤道を隔てた小料理屋《し乃《の》》の座敷に、北御番所の内与力・久米信孝と萬七蔵、手先の樫太郎が銘々の膳を囲んでいた。

「そういうことであれば、放っておくしかあるまいな。押しこみの一件はなかった。損害《そんがい》もない。損害のないものを……」

久米が猪口《ちょこ》をきゅっと舐《な》めた。そして、

「調べようも、ないわな」

と、おかしそうに言って猪口を膳へおいた。それから平皿のこはだの天麩羅《てんぷら》の串《くし》をつまんで、大根おろしと組み合わせた天つゆに軽くひたし、歯音をたててかぶりついた。

「ふむ、ふむ、旨《うま》い……し乃の天麩羅は旨い。樫太郎、どんどん食え。千住までいって腹が減っただろう。足りなければお替わりをするからな」

「へい。いただいておりやす」

樫太郎は二、三杯のわずかな酒で頬を薄く赤らめ、やはり天麩羅の串を頬張っていた。

「し乃はな、菜種油とごま油をまぜて揚げておる。なるべく衣を薄くしておるが、熱をとおすのに長く揚げねばならぬゆえ、どうしてもくどくなる。し乃のいいのはこの天つゆなのだ」

唇を光らせた久米は、二口目でこはだの天麩羅を平らげた。口の中で旺盛に咀嚼《そしゃく》しながら、首の長い徳利を猪口にかたむけ酒を満たし、勢いよくあおった。天麩羅を抜き取った串が平皿の隅に溜まっている。

「久米さん、今宵はずいぶん早いではありませんか。だいぶ、腹が減っているんですね」

七蔵はゆっくりと猪口を持ち上げ、久米へ笑みを投げた。

「じつは昼飯を食っておらんのだ。今朝、萬さんに千住の一件を話してから、いろいろ急な用が重なって、暇がとれなかった。午後はずっと、腹の皮と背中の皮がくっつきそうだった。やっと少し、落ち着いた。萬さんたちは、昼はちゃんととったかい」

久米は続いて、芝えびの串をつまんだ。

「はい。川路屋も鮒やの亭主も押しこみの噂はでたらめだと言うばかりで、そっちのほうは藪《やぶ》の中ですが、戻りに橋場の真崎稲荷へ廻って、昼飯は隅田川の景色を眺めながら真崎田楽ですませました」

「むむ……所詮、千住は藪の中、ということだな。これ以上、突つくほどのことはあるまい。御奉行にも報告しておく。だが、真崎田楽はいい。あれは味噌《みそ》の焼ける匂いが香ばしくてな。あそこのは吉原の十和田《とわだ》屋という豆腐屋の物を使っているそうだな」

久米は芝えびの天麩羅にかぶりついた。

「さすが久米さん、よくご存じで。ところで、たまたま、千住からの戻りの大橋で、元柳橋の馬ノ助を見かけました」

するとと、芝えびの串にかぶりついたまま、久米が咀嚼を止めた。久米は七蔵を見つめて動かなかった。

「れいの、御用屋敷より願い出があって内偵を進めている馬ノ助です。わたしと馬ノ助とは面識がありませんから、こっちに気づいてはおりませんが、それがなんと、川路屋の店に入りましてね」

「川路屋の店に？　馬ノ助が押しこみの一件の川路屋へか」

「そうなんです」

七蔵がこたえ、久米が「ふむむ」と声をもらし、再び咀嚼を始めた。

「わたしも、川路屋の九右衛門に寄合の押しこみの噂について訊いたあとだったんで、偶然が妙に気になりました。まあ、馬ノ助の生業《なりわい》は人寄せですから、舟運業では大店の川路屋から、まとまった口入れを頼まれたためと考えられなくはないんです。ただ、叩けば埃《ほこり》が出てきそうな馬ノ助のことを考えますと、川路屋と馬ノ助にどんなつながりがあるのか……」

「わたしも気になるな。馬ノ助の調べはもう半年近くなる。未だに尻尾がつかめぬので、御奉行さまが気になさってはいるのだ。馬ノ助の人寄せに応じた者の中から行方知れずが何人も出ていると訴えはあるものの、今のところ、馬ノ助を疑う証拠がない。この調子では早晩、調べの打ちきりも考えられる」

「たまたま、押しこみの噂があった。だが、押しこみに遭ったらしい仲間の頭《かしら》格の川路屋は、押しこみなんぞないと表向きは言っている。そこへ、その川路屋と物騒な人寄せ稼業の馬ノ助がなんらかのつながりがあった。それが押しこみのあった時期と重なっている、それもたまたま、ですかね」

七蔵は猪口を舐め、久米は天麩羅を音をたてて咀嚼している。

「久米さん、寄合の押しこみは本当にあったにもかかわらず、もしも川路屋らが勘定所にそれを隠しているとするなら、考えられる事情は、押しこみが狙った仲間同士の賭場はやはり開かれていて、川路屋らは自分らの賭場が勘定所に露顕《ろけん》するのを恐れて、訴えを出さなかったのでしょうか」

「害に遭ったほうがそれを隠しているのなら、害に遭ったほうにも表沙汰《おもてざた》にしたくない疵《きず》が脛《すね》にあるからだろう。それがご禁制の賭場だとすれば、わたしが川路屋なら間違いなく隠すだろうな。まあ、萬《まん》さん、一杯やれ」

久米が七蔵の猪口に徳利を差し、「樫太郎、おまえもまだいけるだろう」と徳利を廻した。

「畏《おそ》れ入ります」「いただきやす」と、七蔵と樫太郎が受けた。

「ですが、ご禁制の賭場を表沙汰にできないからと言って、自分らのお楽しみの賭場が押しこみに襲われ、仲間の懐を全部合わせれば千数百両になるかもしれない賭金をごっそり奪われ、仲間の顔まで潰されて、川路屋らがこのまま放っておくでしょうか」

七蔵が物思わしげに言うと、久米と樫太郎が七蔵の様子を見つめつつ、そろって猪口を口元へ近づけた。

「金はとり戻したいが、それより何よりも、押しこみを働いたやつらにしかるべく罰を受けさせなければならぬ。やつらは自分らのお楽しみを邪魔して、悪さを働いた。当然、ただですますわけにはいかぬ。きちんと落とし前をつけさせねば、と考えるのは考えすぎでしょうかね」

「そいつらに、しかるべく罰を受けさせるね……」

久米が納得したふうに、二度、三度、と頷いた。

「旦那、そいつらって、誰なんですか」

樫太郎が身を乗り出して訊いた。

「樫太郎、そいつは、わからねえよ」

「けどあっしには、旦那も久米さまも、もうそいつらの目星がついているような口ぶりに聞こえやす」

「そうじゃねえ。川路屋らが開いている賭場の内々の事情に詳しいやつらが、旦那衆の懐を狙って押しこみを働いたとする。けど、内々の事情に詳しいやつらは限られているはずだ。ひょっとしたら川路屋らには、もうあいつらの仕業《しわざ》だと、押しこみを働いた一味の目星がついていているんじゃねえか」

七蔵は猪口をあおった。

久米が芝えびの天麩羅の残りを頬張り、深刻な顔つきで咀嚼した。七蔵がそんな久米に徳利をかたむけた。久米は七蔵の酌を受け、

「わかった。萬さん、何やら怪しいが、肝心の、事の始まりの押しこみはなかったと、当人の川路屋らが言っているのだから、わざわざ藪の中を突つくこともあるまい。馬ノ助と川路屋のかかわりは御奉行さまに報告しておく。ただし、そっちは押しこみとは別の一件だ。物騒な人寄せ稼業の馬ノ助の調べを進めている掛の、少しは参考になるだろうからな」

と、猪口を持ち上げたまま言った。

そこへ廊下に女将《おかみ》のお篠《しの》の声がして、襖が開けられた。

「はい、お待たせいたしました」

お篠が盆に載せた大皿を持ち上げ、小袖の裾《すそ》模様を畳にすべらせ座敷に入ってくるのと一緒に、すし飯のほのかないい匂いや、ほかの座敷からの賑やかな

歓談の声が聞こえてきた。

色白のお篠のふっくらとした顔だちに、赤い唇が艶やかである。

「おお、きたきた。巻きずしだ、樫太郎。し乃の巻ずしは旨いぞ」

深刻な顔つきを途端にゆるめた久米が、樫太郎に言った。

「わあ、綺麗だな。いい匂いがする」

樫太郎が無邪気に言い、お篠が白い歯をきらきらと見せて笑った。

「どうぞお召し上がりください。すぐに新しいお酒もお持ちいたします」

「これはな、浅草海苔《のり》を広げてこけらずしの飯を敷きつめ、鯛《たい》と鰒《ふぐ》、椎茸《しいたけ》、みつば、それからなんだっけ、女将」

「はい、紫蘇《しそ》です。それを一緒に盛りつけて、ふわりと海苔で巻き、水に湿らせた布巾《ふきん》でほどよく締めて、海苔とすし飯が馴染《なじ》んだところで、とんとんとんと、きりそろえましてね……」

お篠が微笑みを絶やさず染付の大皿から、小皿に巻きずしをとり分け、それぞれの膳に配っていくと、久米が「それそれ」と言って首をふり、

「萬さん、樫太郎、まずはこれを食ってからだ」

と、勢いよく巻きずしを頬張った。

同じ刻限。茶屋店が大川端に甍《いらか》を並べた両国の岡《おか》すずみから、薬研堀《やげんぼり》に架かる元柳橋。その橋を南へ渡った橋の袂に枝垂《しだ》れ柳が枝を垂らし、その柳に並んで馬ノ助の口入れ屋の店が建っていた。

店は馬ノ助が手に入れる前は船宿だった。薬研堀より河岸場を上がって店に入ると、広い前土間に拭板《ぬぐいいた》板から板敷の店の間があって、店の真正面に人が楽にすれ違える階段が二階へ上がっていた。

その二階の部屋の一室、障子戸を両開きにした出格子窓のすぐ下に、土手道を隔てて大川がゆったりと流れている。

大川には夥しい屋根船や川すずみの川船、物売りのうろうろ船が浮かび、色とりどりの提灯の明かりが川面を照らし、三味線に、鉦や太鼓があちこちで鳴らされ、次々と打ち上げられる花火が両国の夜空を彩っていた。

また川上のなだらかに反った両国橋は、押し寄せた人波にあふれ、花火が打ち上げられるたび、波のような歓声が大川いっぱいに響き渡っていくのだった。

そんな両国の夜空を染める光の乱舞と喧噪《けんそう》は、その二階の一室にいる主人・馬ノ助、左右を占めた二人の手下、そして三人と向き合って端座している山桃色の地味な着流しの商人風体の男らにも、戯《じゃ》れかかっていた。

花火の派手な光に比べれば頼りなさげな行灯《あんどん》の薄明かりが、四人の男らを、ほんの気持ちばかりで、という様子でくるんでいた。

馬ノ助は窓の外の大川を眺めつつ、長煙管を銜《くわ》え煙をくゆらせていた。

二人の手下は口を挟まず、商人風体の男から目を離さない。

「今年はね、鍵屋《かぎや》の清吉《せいきち》という番頭が花火職人らを引き連れて別家して玉屋《たまや》を興し、両国橋の下手《しもて》はこれまでどおり鍵屋、上手《かみて》は玉屋と分け合って、両国川開きの賑わいは去年の倍になった。去年は永代橋が落ちる味噌をつけたが、そんなことじゃあ江戸者はへこたれねえ。両国は天下の江戸のど真ん中。見ねえ、この賑わいはてぇしたもんだぜ」

馬ノ助は火の消えた煙管を銜えたまま、商人風体へ向きなおった。

「どうでい、白闇の連さん。あんたもそう思うだろう。宇津宮とは比べ物にならねえだろう」

「馬ノ助さん。白闇の連は他人が勝手にそう呼んでいるだけで、わたしのことではありません。わたしはここでは、薬屋の平一です。誰かが聞きつけ、思い違いされる場合がなきにしもあらずです。何とぞ、平一でお願いします」

「すまねえ、すまねえ。平一さん、だったな。気をつけるぜ。おめえらも気をつけるんだぞ」

と、馬ノ助は左右の手下へ、にやにやと歪んだ顔を流した。手下らは「気をつけやす……」と、殊《こと》さらに低い声をそろえた。

「何しろ、白闇の……じゃなく、薬屋の平一さんに思っていた以上に早く駆けつけてもらって、こっちも仕事の段どりがつけやすくなった。平一さんが今日見えるとわかっていたら、迎えにやらせたし、宿もうちで、というつもりだったんだ。なんなら荷物をとりにやらせるから、宿はこのまま、うちに変えねえかい。そのほうがお互い手間が省けるんじゃねえのかい」

「いえ。今の宿でけっこうです。仕事柄、ひとりのほうが動きやすいということがありますし、頼むほうと頼まれるほうが一緒ですと、手間が省ける分、危険が増えます。お気遣いにはおよびません」

「なるほど、もっともだ。さすが、玄人《くろうと》は言うことが違うぜ。おめえらも平一さんをよおく見倣《みなら》え。とまあ、そうは言っても今日は初顔合わせだ。両国の花火を楽しみながら一杯やって寛《くつろ》ぎ、旅の疲れを癒《いや》していってもらいてえ。今、支度をさせているところだ」

「馬ノ助さん、どうぞ、おかまいなく。わたしは仕事の談合をつめるためにうかがいました。馬ノ助さんに仕事を頼まれ、それを受けて仕事をすませる。それ以外のつき合いは、いっさい不要に願います。お互い赤の他人です。こういう仕事はそうでなければ、万が一のとき、芋蔓《いもづる》みたいにお上の手にかかることになってしまいます」

手下らは、情の希薄な険しい顔つきを平一に向けている。

「わかった。仕事は仕事、人づき合いは人づき合い、ってわけだ。けじめをきちんとつけるのが一流の証《あかし》。なら、事は簡単だぜ。酒はなしで、早速、話をつめようじゃねえか。おい、茶はまだかい」

馬ノ助が手下のひとりに言った。「見てきやす」と手下が部屋を出て、廊下の先の階段の上と下で交わすやりとりが聞こえた。大川ではその間も打ち上げ花火が上がり、夜空に光が乱舞している。

若い衆が茶碗を運んできて部屋を出ると、馬ノ助は話を続けた。

「つまりその、角丸京之進《かくまるきょうのしん》があとの二人を手引きしたのは間違いねえ。角丸は勘定衆の運上方だ。舟運仲間の寄合のあとに、旦那衆らの賭場が開かれることを知る立場にあった。どころか、運上方の組頭と一緒にその賭場に招かれ、遊ばせてもらったこともあった。角丸はその折り、旦那衆の懐に金貨銀貨がうなっているのを見て、そいつを狙った。狙いは悪くはなかった」

あはは……と、馬ノ助は声を出しながら、瞼《まぶた》の腫《は》れぼったい一重《ひとえ》の目は笑っていなかった。

「なぜかと言うとだ、旦那衆らは行事役頭取の川路屋九右衛門が胴取りになって、寄合のあとに賭場を開いていた。旦那衆らはご禁制の賭場が押しこみに襲われました、とはお上には訴えられねえ。てめえらでてめえらの、ご禁制破りをばらすことになるからな。旦那衆らは泣き寝入りをするしかねえ、と角丸らは都合のいいように読んだ。そんなことがあるわけがねえ」

と言い、煙草盆の長煙管をとり、刻みをつめた。火皿に火をつけ、ゆっくりとひと息吹かす馬ノ助の仕種を、手下らはじっと見守っている。

「勘定衆と言っても、算盤《そろばん》ができるというだけの、元は身分の低い小普請の御家人が這《は》い上がった小役人だ。賭場に押しこんで旦那衆の懐を狙ったまではいいが、探りを入れるとあちこちぼろを出し、すぐに角丸の仕業とわかった。野郎、とんでもねえ腐れ役人で、袖の下はとり放題で、それを深川の寺で開かれる賭場につぎこみ、けっこうな借金を拵えていやがった。おまけに……」

馬ノ助は、もうひとつ吹かした煙管の雁首《がんくび》を黒ずんだ灰吹きに打ちあて、吸殻を落とした。

「深川の佐賀《さが》町代地の裏店《うらだな》に、妾《めかけ》奉公の年増を住まわせていやがった。下っ端の勘定衆が、借金まみれのうえに、妾奉公を雇っていやがる。勘定衆ってえのはいい身分じゃねえか。盗人《ぬすっと》が呆《あき》れる腐れぶりだぜ。腐れ放題の挙句が懐は火の車。賭場で知り合った本所の貧乏御家人の部屋住みで、脇長多十郎《わきながたじゅうろう》、それから同じく賭場仲間の船頭の浅吉《あさきち》、二人を誘って押しこみを企てた」

平一は端座した膝に手をそろえた格好で、頷きもせず、聞きかえしもせず、出された茶碗にも手をつけなかった。

「船頭の浅吉を一味に誘ったのは、千住のいき帰りに船を使う算段だった。確かに、押しこみを働き夜陰に乗じて船で逃げる、というのはわかりやすい手口だ。わかりやすいから、足もつきやすい。素人《しろうと》はてめえの都合しか考えねえから、間抜けな話だ」

平一さん、そこまではいいかね――と、馬ノ助が置物みたいな平一の様子を訝《いぶか》った。手下らが馬ノ助から平一へ、険しい顔を向けた。

「どうぞ」

平一がこたえると、置物じゃなかったのかい、とからかいたげな嘲笑《ちょうしょう》を馬ノ助は浮かべた。

「で、角丸ら三人に落とし前をつけさせるってわけだ。だが、三人全部じゃねえ。あんたには、角丸京之進を始末してもらいてえ。脇長多十郎と浅吉は角丸に操られた所詮は木偶《でく》だ。深川の盛場をうろついているごみだ。生きようが死のうが、誰も気にかけやしねえ。こいつらは簡単だから、わざわざ平一さんに頼むまでもねえ。厄介なのは角丸だ」

馬ノ助は、長煙管にまた刻みをつめた。火皿に火をつけ、腕組みをしてひと息吹かした。

「腐れの小役人とは言え、勘定方の役人が死体になって見つかった、となっちゃあお上が放っとくわけがねえ。相当厳しい探索が入る覚悟をしておかなきゃあ、ならねえ。よって、角丸は玄人の平一さんに任せる。疑いが、こっちや舟運仲間にかからねえよう、手際よくすませてもらいてえのさ」

平一はやはりこたえず、膝に手をそろえた格好のまま動かなかった。

そのとき、手下のひとりが「おお?」と、出格子の窓へ顔を向けた。

みなが窓を見ると、一匹の白猫が大川と花火の上がる夜空を背景に、出格子窓の手すりの上に現れたからだった。白猫は手すりの上に立ち止まって、驚いたみたいな目つきを部屋の四人へ向けた。

それから音もなく畳へ降り立ち、つつ、と歩んで平一の膝へ飛び乗った。

五

「よう、別嬪さん……」

と、平一は白い毛並をなでて言った。

「平一さん、そいつはあんたの猫かい」

馬ノ助が、煙管を銜えたまま言った。

「いえ。馬喰町の宿に、勝手に迷いこんできた猫です。こんなに器量のいいやつだから、きっとどこかの飼い猫でしょう」

「ふうん……そいつが平一さんになついて、ここまでついてきたってかい」

「そうなんですかね。気がつかなかった」

馬ノ助は、灰吹きにまた煙管の雁首を打ちあてた。白猫が馬ノ助を睨んで、小さく鳴いた。

「ということで、手間代のことなんだが……」

馬ノ助は煙草盆に、からん、と長煙管を投げ捨てた。平一は膝の上の白猫の毛並をなでながら、目を伏せ、黙っていた。平一の長いまつ毛が、膝の上の猫へ微笑みかけ、わずかに震えていた。

「江戸の相場じゃあ、相手が侍、それもお上の上士、町人でも名主以上は十五両、下っ端の小役人や町人と百姓は、人にもよるが十両かそこら。それ以下はまとめて間男《まおとこ》の首代と同じ七両二分、ってところだ。角丸あたりは下っ端の小役人で、格好は二本差しでもむずかしい相手じゃねえ。十両がせいぜい、というのが相場だな」

馬ノ助は手下を見廻した。左右の手下は、黙って頷いた。

「けどよ、はるばる宇津宮からお越しいただいた北関東一と評判の高《たけ》え仕事人に、たとえ仕事の中身は十両が相場でも、相場どおりに十両ってえのは失礼だ。それに角丸の場合、勘定衆の中でも運上方という何かと商売仲間との凭《もた》れ合いがとり沙汰されやすい掛《かかり》だから、お上の詮議が厳しくなると見こんでおかなきゃならねえ。そこで奮発して、角丸の場合だけは上士並みの十五両で頼みてえ」

手下らが「ほお……」と、そろって感心した。

「十五両の前金が、半金の七両二分。だが宇津宮よりの宿代や支度などで何やかやと物要《い》りだったろうから、半金に一両上乗せして、八両二分。仕事が片づいたあとに残金の六両二分、というのでどうだい」

馬ノ助は胸を反らせて咳払いをし、手下らが平一へ顔を向けた。

平一は微笑んで猫をなでている。

「手だてはいっさい、平一さんに任せる。支度やら手伝いやらでうちの若い衆の手が要るなら、いつでも言ってくれ。そっちはおれの才量でやらせるから心配はねえ。この二人は岩太《いわた》と捨造《すてぞう》と言ってな、あんたと同じ野州《やしゅう》の男だ。役にたつぜ。江戸にいる間は、こいつらを手下同様に使ってくれていい」

「平一さん、よろしくお願《ねげ》えいたしやす」

二人が平一へ頭《こうべ》を垂れたが、平一は猫から目を離さなかった。

「とにかく、川路屋の九右衛門は元は船頭でも、先代が興した舟運業を引き継ぎ川路屋を荒川流域の大店に育て上げたやり手だ。手間代の談合の末、相場どおりで決まったが、おれはもう少し色をつけてもらいてえと求めたんだ。だが金のことになると、商売人らしくなかなか堅《かて》え男でな。その分、支払いはきちんとしている。そういうほうが信用できるから、おれはいいと思うぜ」

平一は微笑んだまま、やはりこたえない。

馬ノ助は二人の手下と顔を見合わせ、お、ほん、とまたわざとらしい咳払いをした。打ち上げ花火が上がり、両国橋の歓声がとどろいた。

「ということで、平一さん、話は決まりだな。角丸の見張りはこいつらにやらせるかい。まずは角丸の動きをきっちりつかむのが肝心だな」

馬ノ助は懐から唐桟《とうざん》の財布を出し、膝の前の畳に小判を並べ始めた。

「じゃあ、前金の八両二分と、間違いねえな……」

最後に二分金を小判の横において目を上げた馬ノ助と、平一の目が合った。

平一の目には、猫をなでていた笑みが消えていた。たじろぎを覚えるほどの冷えきった目が、馬ノ助にまっすぐ向けられていた。

「あ、う……」

馬ノ助は言いかけようとして、言葉が平一の眼差しに押さえこまれた。岩太と捨造は、馬ノ助の様子に戸惑った。

平一は重たい沈黙をおいた。

「馬ノ助さん、初めに、言っておくことがあります」

と、平一はその沈黙の重しをとるように言った。

「お身内の岩太さんと捨造さんの手伝いは、お気遣いにおよびません。わたしはたいてい、仕事の支度からあとの始末までひとりでやっています。どうしても手が要るときは、わたしが見こんだ者を使います」

岩太と捨造が薄眼になって、平一を見つめてきた。

「そのうえで、お聞きします」

「はあ？」

馬ノ助の声が鼻にかかった。

「手間代の相場とは、どこのどういう方々が、いつ決めなさったので」

「ええ？　そ、それはだな、どこの誰がということではなしに、仕事を頼む者と頼まれる者の間で、これぐらいなら、とみな似た額に落ち着く、その相場のことさ。相場というより、江戸で通用している慣《なら》わしのことだ」

「江戸で通用している？　ということは、馬ノ助さん以外にもこの江戸ではわたしらのような者の仲立ちをしている方々が幾人もいて、馬ノ助さんもその中のおひとりなんですね」

「うう、ま、まあ、そうさ」

「本当ですか、馬ノ助さん。そういう方々は江戸に幾人いて、みなさん、どのようにして似た額に落ち着いていることを確かめ合ったんですか」

「馬鹿言っちゃあいけねえ。こういう仕事をしている者が幾人いるとか、どのようにしてとか、そんなことが言えるわけねえだろう」

「馬ノ助さん、世間に知られているから相場とか慣わしになるんです。仕事仲間がこっそりと額を合わせて手間代を決めるのは勝手だが、それは馬ノ助さんらの望んで決めた手間代というだけで、相場でも慣わしでもありませんよ。すなわち、そちらの出せる手間代とこちらの求める額が合わないのであれば、この仕事はなりたちません」

「ど、どういうことだい。十五両じゃあ、不満だってえのかい」

馬ノ助と手下らの顔が、見る見る険《けわ》しくなっていった。

「わたしは、江戸の相場や慣わしの話をしにきたのではありません。仕事の談合をつめるために今宵《こよい》うかがいました。談合がつまらぬのであれば、すぐに宿へ帰り、二、三日、江戸見物でもして、宇津宮へ帰ります」

「平一さん、餓鬼《がき》みてえなことを言うのはよしましょうや。お互い、いい歳をした大人だ。十五両が不満なら、もう少しなんとかならねえかと、本音を親分

いくらいは話のわかったお方だ。どれぐらいに仰ればよろしいじゃありやせんか。親分は話のわかったお方だ。どれぐらい

ほしいんだと、ちゃんと聞いてくださいやすぜ」

岩太という手下が嘴《くちばし》を入れた。平一は岩太へ見返り、

「岩太さんでしたね」

と、穏やかに言った。

「見知らぬ他人同士が、仕事の約束を交わした。仕事をするために一方が江戸へきた。約束を交わした一方が約束を守る限り、江戸へきた一方は約束を守って仕事をやる。仕事が終わり手間代を受けとれば、両者はまた元の見知らぬ他人同士です。餓鬼みたいなでも、いい歳をした大人でも、誰の本音ともかかわりのない、これは子供でもわかる仕事の約束の話なのですよ」

平一は馬ノ助へ向きなおった。

「馬ノ助さん、どうやら、氏家《うじいえ》の金治郎《きんじろう》親分ときちんと話がとおっていなかったか、いき違いがあったようですね。こういう仕事柄、話をつめずに事を進めると、あとで厄介なもめ事の元になります。このたびの仕事は、諦めましょう。氏家の金治郎親分には、わたしのほうからこの経緯《いきさつ》を話しておきます。お手間をとらせました。わたしはこれで」

平一が膝の猫を片腕に抱いて立ち上がると、町人ふうに結った髷《まげ》が低い天井に届きそうだった。踵《きびす》をかえした平一の背中に、馬ノ助が喚《わめ》いた。

「すまなかった、平一さん。待ってくれ。おれの勘違《ちげ》えだ。そうなんだよ。金治郎さんと話はついていたんだよ。あはは……おれとしたことがよ、ほかの話ととり違えていたぜ。謝る。このとおりだ。機嫌をなおして、もう一度座ってくれねえか」

岩太と捨造が、いかせまいとするかのように両側からつめ寄った。

「親分が、ああ仰っておられやす。もう一度お座りになって……」

「話はすんじゃあ、おりやせんぜ。お願えしやす」

平一は腕の中の白猫をなで、溜息《ためいき》をつくしかなかった。


四半刻後、両国広小路の賑わいはまだ続いていた。両国広小路から両国橋、大川を越えた向こう両国にかけて、夥しい人、人、人があふれていた。

幾艘もの川すずみの船が、数えきれない提灯の明かりを大川の川面にちりばめていた。土手道につらなる岡すずみの茶屋の二階座敷では、宴席の騒ぎがまだまだ収まる刻限ではなかった。

平一は手拭を目深にかぶり、両手を懐へ隠し、袖をひらひらとなびかせながら広小路の混雑を縫っていた。

しかし懐に隠した平一の手は、前襟の間から澄まし顔をのぞかせる白猫を抱いていた。いき交う人の中には、胸元から顔だけをのぞかせる白猫を見つけ、

「まあ、可愛い……」

と、騒ぐ女たちもいれば、

「おっと、綺麗な猫だねえ」

と、馴れ馴れしく頭をなでにくる男たちもいた。

そんな人波をさり気なくあしらいつつ縫ってゆく平一と猫を覆う夜空に、打ち上げ花火が光のひと筆を、しゅるしゅるひゅうん……と描いた。

瞬間、光の輪が天空いっぱいに広がり、夜空を見上げる人々の顔へ昼間のような明るさを降らせた。

どおおん。

と、鳴り響き、人々の歓声があがり、猫が鳴いた。

「鍵屋あっ」

どこかから声がかかり、すると両国橋の川上の方でも、打ち上げ花火が上が

った。橋の上のどよめきが波を打った。

「変わらないな、別嬪さん。おれはこんなに歳をとったのに、この景色は、若いころに見たままだ。毎日がうきうきとすぎ、ある日、もう若くはないのだと気づいた。だけど、いくら気づいても、あと戻りする道はないのさ。自分の目の前の道をゆくしかな……」

そうだろう、別嬪さん――と、平一は白くやわらかい毛並をなでた。

猫は気持ちよさげに、平一の懐にくるまったままだった。


同じころ、七蔵と樫太郎は亀島町の組屋敷へ戻った。八丁堀界隈は、そろそろみな床に入る刻限で、しん、と静まりかえっている。

お梅がまだ起きていて、台所の板敷で遠目を細めながら繕い物をしていた。

「旦那さま、お帰りなさいませ。今、お茶を淹れます」

と、お梅が繕い物を行灯のそばにおいて、土間に下りた。

「すまねえ。頼む。喉が渇いた。久米さんに馳走《ちそう》になった。いっぱい呑んで、いっぱい食ってきた。なあ、樫太郎」

「へえ、いっぱいいただいて、腹がふくれ、少々酔いやした」

板敷に腰かけ溜息をついている樫太郎を、七蔵とお梅が笑った。

「かっちゃんもお茶を呑んでおゆき。ゆっくり休んで、疲れをとって、明日も頑張らないとね」

「ありがとう。お梅さん」

お梅とこの春十九歳の樫太郎は、祖母と孫ほどの歳の差である。

「お梅、眼鏡《めがね》がいるな。今度、眼鏡屋に老視用の眼鏡を買いにいこう。室町にいい眼鏡屋があるそうだ」

七蔵が行灯のそばの繕い物を見やって言った。

「見えにくいものは、今はお文がほとんどやってくれますので、それほど不便じゃないんですけれど」

「お文の機嫌はどうだい。相変わらずしょげているかい」

「しっかりした娘でよく働くんですけれど、倫がいなくなってからはやっぱり元気がなくて。可哀想に……」

お梅が急須から、煎茶《せんちゃ》を茶碗にそそぎながら言った。

「あの気まぐれ倫め、どこへ消えちまったのかな」

「今年も富ヶ岡の八幡さまの祭礼が始まります。深川が懐かしくなって、深川へ戻っちゃったんですかね」

「富ヶ岡の八幡さまの祭礼か。そうか、去年は永代橋が落ちて、えらい災難があった。あの災難がきっかけで、倫はうちへくることになったんだっけな」

七蔵はしみじみと言った。

「ええ、ええ、そうでやした。あれがきっかけで……」

樫太郎がしんみりとかえした。

第二章　藍より出でて

一

富ヶ岡八幡宮の祭礼が行なわれたその日、江戸の空は天高く晴れていた。

今年は大祭ではないけれど、永代橋も本普請に架けなおされ、深川の町は八幡宮さまの祭り気分に賑わっていた。

平一は、新大橋を深川元町の方へ渡りながら、青空の中を流れてゆく秋の気配を思わせる雲を見上げた。秋の雲から大川の川下に架かる永代橋や深川の町へ目を落とし、男かぶりの手拭をさらに目深にした。

新大橋の川向こう、元町の北側には御船蔵の甍と白壁が竪川《たてかわ》の方までつらなり、南側には小名木《おなぎ》川の河口が大川に開いていた。

大川の川風が、頰かむりの下の頰を心地よくなでた。

平一は、富沢《とみざわ》町の古着屋で手に入れた背中に《祭》の文字を白く抜いた藍《あい》の法被《はっぴ》をまとっていて、法被の下は濃紺の帷子《かたびら》を尻端折りに、腰にひょっとこの面をぶら下げ、白足袋、裏つき草履の祭り見物に出かける扮装だった。

その平一の後ろに、白い毛並の美しい猫が、見慣れぬ景色に気をとられつつも一間と間をおかず、つき従っていた。

白猫は平一と少しでも間が開くと、待って、と甘ったるく鳴いた。平一は立ち止まって、足下にすり寄ってくる白猫に微笑みかけ、

「別嬪さん、だから今日はついてくるなと、言ったろう」

と、少々遅れが気になった。

それでも新大橋を渡って小名木川、仙台堀《せんだいぼり》を越え、深川寺町の陽岳寺《ようがくじ》の境内へ入ったのは、午前の四ツを廻って間もないころだった。

永代寺門前町の通りの方から、鉦や太鼓、三味線、見物人の喧噪が、陽岳寺の境内に聞こえ、祭り見物に出かける深川寺町門前の人通りも賑やかだった。だが、境内に人影はなく、外の賑わいがいっそうしんとした気配を、狭い境内にもたらしていた。

平一は山門から人影のない踏み石を伝って本堂へいき、賽銭《さいせん》を賽銭箱に投げ入れ、心静かに拝礼した。

白猫は平一の足下で大人しくしている。

本堂の脇に小さな持仏堂《じぶつどう》があって、堂と土塀の隙間に竹藪《たけやぶ》がある。

平一は持仏堂へ参るような仕種で、さり気なく竹藪へ歩みを進めた。小さな竹藪だが、身をひそめると人目につかないのは、下見をしてわかっていた。

竹藪の中で、祭印の法被を脱いだ。

一尺七寸少々の白木の鞘に納めた仕こみが、角帯の腰の結び目に物々しげに差してある。さらに帷子を諸肌《もろはだ》脱ぎになると、黒い腹掛の鍛えられて締まった上半身が露わになった。

帷子のはずした袖と尻端折りをしっかりと帯へ挟みつけ、次に腹掛のどんぶりから黒の手甲脚絆、黒足袋、草鞋《わらじ》をとり出した。

それらを、素早く手足にくるくるとまといつけた。

脱いだ白足袋はどんぶりへ仕舞い、草履は帯の脇に差しこんだ。

平一は、腰のひょっとこの面を顔につけ、手拭の頬かむりをさらに目深につけなおした。それから帯の後ろの仕こみを逆手に抜き放ち、抜き放った刀身を、竹藪の間から射す日に冷たく光らせた。

白猫はそんなひょっとこの素ぶりを、声もなく見上げている。

抜き身を後ろの鞘にかちりと納めると、法被を拾ってゆっくりと羽織った。

「どうだい、別嬪さん。おれだとわかるかい」

ひょっとこの面が笑ったように見えた。

白猫は、やっと小さく鳴いた。

胸元で突き袖をし、おどけた小走りを装って竹藪を出た。やはり人影のない境内を抜け、山門をくぐった。

陽岳寺門前は、油堀《あぶらぼり》から十五間《じゆうごけん》川にかかる入り堀に面して、その入り堀に川幅十間ほどの江《え》川が分かれている。江川橋という小橋が架かっていて、江川橋の向こうが佐賀町代地である。

江川橋を渡り、白猫がそれを追ってゆく。

門前町通りの方より、曳《ひ》き物や山車《だし》がゆく歓声と鳴り物の音がひときわ高くなった。

祭り見物に出かけるふうなひょっとこのおどけた格好は、誰にも見とがめられなかった。けれど、後ろをついてくる白猫に声をかけたりちょっかいを出す通りがかりがいて、そのたびに立ち止まらなければならなかった。

ひょっとこが睨むと、あっしのせいじゃないよ、と言うみたいに言いわけがましく鳴いた。

角丸京之進が妾奉公をさせている女の住まいは、江川沿いの干鰯《ほしか》置場が臭う佐賀町代地の裏店《うらだな》だった。

前土間から台所の間と三畳と四畳半が二つ、鰻《うなぎ》の寝床みたいに続いていた。奥の四畳半に濡れ縁、半間ほどの幅の裏庭と板塀が続き、板塀の向こうはすぐ江川へ落ちている。

鉦や太鼓の音が、ひとつ遠ざかってはまた新たに近づいてくる。歓声やかけ声が波になってどよめき、絶えず聞こえていた。

ひょっとこはおどけながら裏店の小路を、易々《やすやす》と妾の店の前まできた。祭りの賑わいに気をとられ、小路をいき交う通りがかりは、御用聞きみたいに腰を折り、店にそろりそろりと入っていくひょっとこを気に留めなかった。

ひょっとこは前土間に入って、表の腰高障子を後ろ手に閉めた。

閉めた腰高障子の外で、小路のどぶ板を賑やかに踏んでいく足音が、絶えず続き、門前町通りの喧噪が、店の薄暗がりの中ででも聞こえていた。

その喧噪に、布を裂くような女の喘《あえ》ぎ声がまじった。

喘ぎ声は消えては起こり、調子をはずして乱れたり、また元に戻って繰りかえしたり、哭《な》いているみたいにも、笑っているみたいにも聞こえた。

普段、角丸が妾の店を訪ねる日は、朝から昼を挟んで戯れ、夕刻の七ツ（午後四時）すぎから六ツ（午後六時）の間ごろ、帰っていくらしかった。腐れ役人でも武士は武士である。武士の外泊は、建前上、許されなかった。

下調べでは、昼間からその声が外にもれて迷惑だと、近所の評判だった。

その日、角丸は継ぎたて問屋仲間の冥加金の新たなとり決めのため、加奈川《かながわ》宿へ泊まりがけの遠出ということになっていた。今夜は外泊ができる。

勘定衆の遠出、すなわち出張は、箱根以内で十両、以遠は十五両の手当が出る。加奈川宿にいるはずの角丸が、深川の妾の店にいる。

下調べで、平一にはそれもわかっていた。

ひょっとこの面が、薄暗い店を見廻した。台所と三畳間を引違いの障子戸が仕きっている。

ひょっとこは法被を脱いで、台所の板敷へおいた。

長い腕を廻し、帯の後ろに差した仕こみを逆手に抜いた。

刀身が、しゅっと音をたてて抜き放たれた。

頬かむりの下にひょっとこの仮面《めん》、締まった上体は黒の腹掛ひとつと黒の手甲をつけている。その手に軽く握った仕こみの刀身が、土間の薄暗がりを斬り裂くなめらかな鉛色を放った。

濃紺の帷子の腹から上を角帯に挟みこみ、膝頭が見えるまでの尻端折り。

そして、踏みしめた足を黒の脚絆と黒足袋草鞋に拵え、すっくと佇《たたず》んだひょっとこを、背後の障子戸を透した外の明るみが黒い影で隈どった。

足下から白猫が、そんなひょっとこを訝しげに見上げている。

草鞋のまま音もなく板敷へ上がり、障子戸に耳をあてた。

引違いの障子戸を静かに開けた。

そこは、茶簞笥《ちゃだんす》や火鉢、壁の上に神棚をとりつけた薄暗い三畳間である。

三畳間の奥は引違いの襖が四畳半を仕きっていた。女の喘ぎ声が襖越しに聞こえてくる。門前町通りの歓声や鳴り物が、両隣の物音を消していた。

歩みを忍ばせるにつれ、四畳半の戯れが草鞋をとおして足裏に伝わってきた。

束の間をおき、引違いの襖をそろりとすべらせた。

四畳半は三畳よりも明るかった。

濡れ縁のある裏庭側の腰障子を、まだ昼前の明るさが白く染め、四畳半とひと組の布団をくっきりと映し出していた。

布団は乱れ、男と女の白い手足がからみ合い、荒い吐息と途ぎれ途ぎれの喘ぎ声が錯綜していた。枕屏風《まくらびょうぶ》が薄暗い影で二人の顔をくるんでいた。その影の中から女の声が、「あんた、もっともっと……」とせがんでいる。

ひょっとこには、薄暗くとも角丸の顔が入念な下調べでわかっていた。角丸と女の着物が、壁の衣紋掛《えもんかけ》に架かっていた。出張ということになっているから裃ではなく、羽織に着物、そして衣紋掛の下の壁ぎわに、袴と二刀が乱雑に捨ててある。

角丸が荒い吐息をつきながら、女の上に重なり懸命に腰を動かしていた。女は角丸の首にすがりつき、いっそう激しく悶《もだ》えていた。掛布団はかかっておらず、からまり合う裸体はむき出しになっていた。

二人の高まりがわかり、その高まりに合わせるかのように、祭りの歓声がまたひときわ大きな波になって押し寄せてきた。三味線がかき鳴らされ、鉦と太鼓が絶え間なく打ち鳴らされている。

ひょっとこは、一瞬、もう少し待ってやるか、と思った。

しかし、足下の白猫が先に四畳半へ忍び入り、角丸と女の枕元にちょこなんと座った。そして、物憂げな鳴き声をあげたのだった。

女が先に傍らの白猫に気づいた。

「ああ？」

傍らの白猫と目を合わせ、途端に艶めかしい喘ぎ声を濁声《だみごえ》に変えた。

「あ、あんた、猫がいるよ」

女は急に白けて言い、それに気づかない角丸はまだ夢中になって腰を動かし続けている。

「あんた、あんたってば……」

女は猫と目を合わせたまま、角丸の肩をゆすった。

「うう、なんだ。うう、うう、気持ち、いいのか？」

鼻息で聞きかえしたのが、角丸の最後の言葉だった。

ひょっとこはそのとき、角丸のすぐ後ろに立っていた。角丸のうなじへぎりぎりに切先をあてがったが、行為に夢中の角丸は気づかなかった。

眉間《みけん》に皺を寄せ、繰りかえす呼吸が引きつっていた。

ひょっとこは背後から大きな掌《てのひら》で角丸の顔半分を覆い、後ろへ持ち上げた。

うん？

と、一瞬、角丸の呼吸が途ぎれた。

そこへ、腰を溜め切先を突き入れた。ためらいもなく深々と、ひと言も発さず冷徹に、である。なめらかな刃が、血肉を斬り裂きながら音もなくうなじの奥へと分け入る確かな手応えが、ひょっとこの掌にかえってきた。

がぁぁぁ……

と、角丸は喉を貫かれ、奇妙なうめき声を残したばかりだった。

角丸の動きが止まり、女に身体の重みが、ずしり、と加わった。

角丸の口から血がたらたらと涎《よだれ》のように垂れた。

ひょっとこが手を放し、女の顔の傍らへ首がどさりと落ちた。

奇妙なうめき声がだんだんか細くなり、女の中に入ったままの角丸の身体は小刻みに痙攣《けいれん》した。

しかし女はまだ気づいていなかった。

「あんた、どうしたの」

そう言った女の口を、大きな掌が覆った。

そのとき、のしかかった角丸のさらに上から覆いかぶさるように、ひょっとこが顔をのぞかせたのだった。

ひょっとこは片手に何かをつかんでおり、鈍く艶めく刀身らしき物が角丸のうなじに突きたっていた。

「騒ぐな。騒がなければ命はとらない」

ひょっとこが、面の中からひっそりと言った。

女は震えながら身を硬くし、それでも懸命に頷いた。

「手を放す。ひと言でも声をあげたら、この切先が今度はおまえの喉を貫くことになるぞ」

また頷いたが、あまりに恐くて涙がこぼれた。童女のように泣き始めた。

「死にたくなかったら、声を出すな」

女は押さえられた掌の中で悲鳴をあげた。悲鳴は掌の中で、ただくぐもった声になっただけだった。

女は、痙攣を繰りかえす角丸の身体をどかそうともがいた。

けれどもひょっとこは女を見下ろし、顔をいっそう歪めて笑ったように見えた。そして、うなじに突きたてた刀身を、さらに突き入れた。

ずず……

と、音が聞こえた。

刃が角丸の喉首を刺し通し、敷布団を貫き、畳に突きたったのがわかった。

角丸の手足が、束の間、踊るみたいにじたばたした。

次は自分かと思い、女はぎゅっと目を閉じた。

だが、口を覆っていた掌がはずれ、それから何事も起こらなかった。

薄《うす》らと目を開けると、血飛沫《ちしぶき》がうなじから噴いたが、咄嗟にひょっとこが角丸の頭を布団で覆った。

じたばたが終わり、重なった角丸の身体が急に冷たく感じられ出した。

その気色の悪さと恐怖に女は気が遠くなり、また目をぎゅっと閉じた。

布団の下でひょっとこが、角丸の息を確かめているのがわかった。

しばらくして、門前町通りの歓声や鳴り物が聞こえてきた。女は、それがずっと聞こえていたことに気づいた。

もしかしたら助かるかもしれないと思い、少しずつ恐さが薄れてきた。

それでも、家の中にひょっとこの気配があって、恐くて目を開けられなかった。門前町の祭りのざわめきにまじって、衣ずれの音や、さっきの白猫の鳴き声が聞こえた。

女は角丸の亡骸《なきがら》を乗せたまま、動かなかった。

そうしてときがたち、角丸の亡骸が気持ち悪くて我慢ならなくなった。

女は泣くのを止《や》めて、強く閉じた目を薄目にした。すると、ひょっとこの姿はもう見えなくなっていた。

女は亡骸を押しのけて飛び起きた。

かぶせられた布団の中でぐったりとした角丸は、血まみれだった。そうして、女の身体にも血が垂れていた。

女は全裸のまま悲鳴をあげ、叫んだ。

「ひひ、人殺しいっ」


平一が大川端を新大橋へ向かっていたとき、これまでずっと一緒だった白猫が、気づかぬまま姿を消していた。

「別嬪さん……」

大川端のきた道を眺めやった。濱《はま》通りの柳がなびき、川縁に舫う船が川下の永代橋の方までつらなっていた。

永代橋を往来する人の流れが、青空の下に見えた。

祭りの賑わいからはだいぶ離れていた。

平一は、祭りの法被をもう羽織っていなかった。腹掛の上にまとった濃紺の帷子は尻端折りをやめて着流し、黒の手甲脚絆黒足袋を白足袋草履に替え、手拭の頰かむり以外は商家の手代ふうに拵えなおしていた。

手には、ひょっとこの面、脱いだ草鞋、一尺七寸ほどのを、祭りの法被で風呂敷のように包んで提げていた。

「そうか。別嬪さんに、愛想をつかされたか」

平一は永代橋の方を漫然と眺め、呟いた。

よかろう、と思った。おれらしい、これでいいのだ、と思った。

すぐに国へ帰るか、それともやはりあの男に会うか、平一は大川の川風に吹かれ、別嬪さんに心を残しながら考えた。

二

七蔵は夕刻七ツすぎ、亀島町の組屋敷に戻った。

さすがに、もう倫は戻ってこないと諦めていた。少し元気をとり戻してきたお文とお梅に「お帰りなさいませ」と迎えられ、居室へ着替えにゆくと、居室の縁側のそばにおいた文机《ふづくえ》の前に、倫が澄まして座っていた。

「おお、倫じゃねえか」

七蔵は思わず叫んだ。

「お文、お梅、倫が戻ったぞおっ」

七蔵は台所の方へひと声かけて、倫を抱き上げようとそばへ寄った。ところが倫は、文机の前から素早く縁側へ逃げた。そこで立ち止まり、七蔵を見つめて少し不満げに鳴いた。

「どうした倫、おれの顔を忘れたのか」

七蔵が言うと、倫は庭の方へ顔をそむけた。

廊下に小走りの足音がし、お文とお梅に樫太郎も加わって居室をのぞいた。

倫、倫、りん……

三人がそれぞれに倫の名を呼び、倫の周りを囲んだ。

「倫、どこへいっていたの」

お文が近づいて倫に触れようとした。

だが倫はお文へ鳴き声をかけ、お文から逃げるみたいに庭へ飛び下りた。

「あら、どうしたの」

意外なふる舞いに、お文は戸惑った。

倫は居室の七蔵を見上げていた。それからぷいと顔をそむけ、板塀の方へいく様子を見せた。

「どこへいくの」

お文が縁側に出て言い、「りんっ」と樫太郎がお文に並んで呼んだ。

すると倫は、塀のそばの柘植の灌木のそばで立ち止まり、ふりかえってまた居室の七蔵を見つめた。そして今度は、怒ったように鳴いた。そこでくるりとひと廻りし、再び鳴いた。

「どうしたんだろう。具合が悪いんでやすかね」

樫太郎が言って、七蔵へふり向いた。

七蔵には、もどかしげな仕種に見えた。

「樫太郎、出かける。草履を持ってきてくれ。おまえもこい」

「へいっ」

樫太郎が素早く勝手の土間の方へ走った。

七蔵は庭の倫から目を離さぬまま、手に下げていた大刀を腰に差した。朱房の十手を確かめた。お文の肩に手をおき、

「お文、心配はいらねえ。倫はちゃんと連れて帰ってくる」

と、穏やかに言った。

「あれを見ろ。倫がおれに、ついてこいと呼んでいる。何かをおれに伝えようとしているんだ」

「旦那さま、どこへ……わたしもいきます」

お文が襷をはずした。

「お文にきてほしかったら、まっすぐおまえのところへいったはずだ。だが倫は、おれの帰りを待っていた。おれに用があるんだ。倫が戻ってくるのを、お梅と家で待っているんだ」

心配そうなお文に、お梅が「そうだよ」と頷いた。

「旦那っ」

樫太郎が七蔵の履物を携え、庭先へ駆けつけた。

七蔵は縁側から庭へ下り、「倫、いくぞ」と言った。

倫は、俊敏に駆け出し、塀ぎわの灯籠と梅の木の枝を足場にして軽々と塀の上に躍り上がった。そこで庭の七蔵へふり返り、「いいかえ」と言うみたいにひと声鳴いて、塀の外へ飛び下りた。

七蔵と樫太郎は塀の裏木戸から、亀島町との境の小路へ走り出た。

小路を北へ走ってゆく倫の白い姿が見えた。

倫が亀島町河岸通りを走り抜け、霊岸橋《れいがん》、南新堀《みなみしんぼり》の町地、豊海橋《とよみ》を北新堀へとって、永代橋を勢いよく渡り始めたとき、七蔵はさすがに呆れた。

「旦那、倫はやっぱり、故郷の深川に戻っていたようでやすね」

樫太郎が七蔵のすぐ後ろについて言った。

「白い毛が少しも汚れていない。ただ迷っていたら、もっと汚れているだろう。誰かが毛並の手入れをしたんだ」

「じゃあ、その誰かのところへいくんでやすかね」

「わからねえ。だが間違いなく深川に何かがある」

七蔵と樫太郎は、倫を見失わぬように走った。

倫は永代橋の途中で、祭りの人出で往来の激しい中に七蔵と樫太郎を確かめ、すぐに橋を渡っていった。

賢《かしこ》いな、倫……

七蔵は呟いた。

倫を追って、一色町《いっしき》と黒江町《くろえ》の境の小路から油堀に架かる富岡橋、江川に架かる江川橋を渡って佐賀町代地の小路まできたとき、富ヶ岡八幡宮の祭礼の賑わいは収まり、夕暮れが迫っていた。

佐賀町代地の小路の先に、人だかりが見えた。

人だかりは一戸の裏店の表戸を囲んでいて、人だかりの間に、町方の黒羽織と、紺看板に梵天帯《ぼんてんおび》の北御番所の中間《ちゅうげん》が出入りしているのが認められた。

倫は人だかりを意に介さず、するするとその裏店へ入っていこうとする。

足下をすり抜ける倫に驚いて、人だかりの囲みが乱れた。

「ちょいとごめんよ。通してくれ。どいたどいた……」

七蔵は十手を手にして人だかりを分けた。

人だかりが店に近づかないように見張っている町役人が、七蔵の黒羽織と十手に気づき、「こちらです」と店を差した。黒羽織の町方が七蔵と目を合わせ、

「あ、萬さん」

と、意外そうに声をかけてきた。今日の当番の若い平同心だった。同心と中間は、低くかがんでうろうろと周りを見廻していた。

倫が表戸のところにいる同心と中間の手前で、いき止まった。

「お役目ご苦労さまでやす」

樫太郎が同心と中間へ、先に言った。

「よう。何があったんだ」

七蔵が表戸から店の中をのぞいて訊いた。

店の中は暗くてよく見えなかったが、障子や襖を開け放った奥に人影が幾つか見えた。

「ご存じじゃあないんですか。殺しですよ。しかも、殺されたのは勘定所の役人です」

と、かがんだ格好のまま同心が店の中へ顔を向けた。

「勘定所の役人が、殺された？」

七蔵は同心らのそばにかがんで、ひそひそと言葉を交わした。

「ここは、誰が住んでいる店なんだ」

「役人が抱えていた妾の店のようです」

「ああ、妾の店ね」

「祭りの騒ぎにまぎれて店に押しこんで、役人を襲ったようです。どうやら、妾と役人は、真っ昼間からあれの最中だったようで。物盗り強盗の類じゃありません。怨恨《えんこん》か仕事とか金のごたごたとか……勘定所はそういうのが多いですからね。萬さんは、なんでここへ？」

「ふむ。ちょいとわけありでな。たいしたわけじゃねえんだが」

七蔵は、立ち止まっている倫をなでた。

同心と中間が七蔵と倫を見比べた。

「で、殺《や》られたのは勘定所の役人だけかい。役人とあの最中だった妾のほうは無事なのかい」

「役人だけで、妾は無傷です。間違いなく、役人ひとりを狙った手口です。ひょっとこが妾の口を押さえ、騒がなければ命はとらない、と脅したそうです」

「ひょっとこ？　なんだいそりゃあ」

「賊は、大工の腹掛みたいなの一枚に、ひょっとこの面をかぶって顔を隠していました。祭りの日のため、かえって目だちませんからね」

「ひょっとこの仮面《めん》ね。役人の名は……」

「角丸京之進。妾は勘定所のどの掛かは、よく知らないみたいです。ですが、おそらく勘定方でしょう。運上金がどうのこうのと役人が話していたのを、聞いたことがあるそうです」

七蔵は薄暗い店の中へ、また目を向けた。

「亡骸はまだ中かい。人がいるようだが」

「半刻前、殺された役人の家の者が亡骸を引きとりにきました。自身番の役人らがつき添って運んでいきました。午《ひる》すぎに自身番より殺しの知らせがありましてね。祭りの人出で、永代橋を渡るのにひと苦労でした。ついさっきまで、鉦と太鼓が聞こえていたんですが、やっと静かになったところです。今、中にいるのは、勘定所の公事方です」

「公事方は、中で何をしているんだい」

「妾から話を訊いているんですよ。亡骸が引きとられてから入れ替わりに、あの公事方が二人やってきて、仕事上の差し障りもあるので町方ははずしてくれと言われましてね。今ごろきてなんだ、と癪《しやく》に障りましたが、妾の話はだいたい聞き終わっていましたから、まあいいかと思って。念のため、賊が何か手がかりを残していないか、探っていたところです」

「賊はひょっとこの面ひとりかい」

「そのようです。何しろあの真っ最中に、後ろからここを……」

と、同心はうなじに指先をあてた。

「ぐさっとひと刺しで、役人は声も出さず、人形みたいにお陀仏《だぶつ》です。凄腕《すごうで》ですよ。凄腕の侍がひょっとこの面をかぶって、と考えられなくはないが……どっちにしてもこれは、玄人の手口ですね。素人にぐさっとひと刺しでお陀仏なんて、できやしません。誰かが凄腕の誰かに、役人殺しを頼んだ。わたしはそう睨みました」

七蔵は店の中の人影を見やって、うなった。

すると、倫がいきなり同心と中間の足下をすり抜けた。

「待て、倫……」

のばした七蔵の手より素早く、勝手に店の中に入っていった。

おおっと——と、同心と中間が倫を目で追った。

七蔵は慌てて身を起こし、倫のあとを前土間へ追った。

奥の四畳半で公事方の二人と目をぬぐいながら対座している妾が、前土間から板敷へ飛び上がった倫を見た。

倫は板敷から三畳間へ、つつ……と足早に歩み、鰻の寝床になった奥の四畳半の三人へ近づいていった。そのあとから七蔵は板敷に上がって、

「すまねえ、邪魔をして。倫、どこへゆく」

と追い、倫は勝手を知ったふうに、にゃあ、と鳴いた。

途端、妾が夕暮れ近い薄暗がりに包まれた店中に、この世のものとは思えぬ

絶叫をあげたのだった。

妾の絶叫は店の襖や障子を震わせ、裏の江川の川筋や深川寺町裏一円にまで響き渡った。公事方も七蔵も、表戸からのぞく樫太郎や同心や中間、小路の人だかりも、凄まじい絶叫にみな唖然とした。

「こここ、この猫だあ……賊の、いい、一味だよお」

妾は喚き、腰を抜かさんばかりに震え戦《おのの》いた。


その夜更け、佐賀町の船頭・浅吉が、雇われ先の向両国は元町の船宿から、竪川の一ツ目橋を渡って、右手は重々しげにつらなる御船蔵と環濠、左手は寝静まった御船蔵前町の一ツ目の通りを、佐賀町の裏店へ戻っていた。

浅吉は、通い慣れた道ゆえ提灯《ちょうちん》を持っていなかった。両腕を組んで背中を丸め、月明かりが青白く照らす道を急いでいた。

「角丸のくそが。あんなに偉そうに言ってやがったのに、てめえがどじを踏んでけつかるぜ」

浅吉はひとり言を夜道に吐き捨てた。

どうしていいかわからず、ひどく気が滅入った。足のつかねえ絶対確かな仕事じゃなかったのけ、とくよくよと思い悩んだ。

その夜、深川五間堀の貧乏御家人の部屋住み・脇長多十郎が、浅吉が船頭に雇われている船宿に、客のふりをして現れた。

浅吉は客を吉原まで猪牙《ちょき》で送り、戻ってきたばかりのところを、すぐに脇長を乗せて屋根船を浅草御蔵まで出した。浅草蔵前の船寄場に屋根船を止め、

「二人でいるところを見られるのは、まずいのだ」

と、障子戸を閉てた《た》屋根船の中で脇長から、今日の昼間、角丸京之進が始末された一件を知らされた。

「今日の夕刻、貞六《さだろく》の賭場で貞六から聞いたんだ。角丸が殺られたぜってな。貞六は、角丸の借金のごたごたじゃねえかと言っていた。けど、間違いなく、千住のやつらの仕かえしだ。千住のやつら、お上には訴えなかったが、一件を裏で始末をつける腹だ」

「おれたちのことが、ばれたのかい」

「もうばれていると思っていたほうがいい。角丸の次は、おれかおまえだ。おれは今夜中に逃げる。あてはないが、このまま江戸にいたら、間違いなく殺られる。おまえも逃げたほうがいいぞ。たぶん、おまえはまだ知らないだろうと

思ってな。知らせにきたんだ」

「そうかい。すまなかったな」

浅吉は一ツ目の通りをいきながら、それでも思案した。

今夜中に、身の廻りの物と残りの金を持って、深川の馴染みの女郎屋にしけこむか。いや、深川は顔が知られすぎている。いっそ、吉原までいって、どっかの河岸見世へ無理やりもぐりこむか。

「面白くねえ。あぶない橋を渡った挙句がこれかよ。けど、こうなったら金だけが頼りだ」

浅吉は背中をいっそう丸め、愚痴をこぼした。夜道に、しけたおのれの影が、いつまでもまとわりついてきた。

と、浅吉のしけた影に、ひとつ、二つ、三つ……と、別の影が前後から近寄ってきたのは、御船蔵前町が途ぎれるあたりまできたときだった。

浅吉は立ち止まり前後を見廻したが、ぞろぞろと近づいてくる人影は、ただの通りがかりには見えなかった。

青白い月明かりが、着流しを尻端折りにし、どすを腰に帯びた男たちの姿を照らしていた。

背筋が凍り、胸の鼓動が激しくなった。

辻《つじ》番の辻行灯の明かりは、まだ通りのずっと先だった。

ざら、ざら、と夜道に鳴る草履の音が不気味だった。静寂の中で、聞こえるのはおのれの動悸ばかりだった。

「浅吉だな」

男たちの影のひとつが言った。

「誰でえ。な、なんの用でえ」

浅吉は御船蔵の環濠を背にして、怯《おび》えつつも前後の人影に喚いた。内心は、えらい事になった、と思っていた。環濠に飛びこんで御船蔵から大川へ逃げる手だてを考えた。

「だいぶぶつぶつ言ってたな、浅吉。なんぞ、心配事かい」

影は早口だった。

「ど、どちらさんで……」

浅吉は怖気《おじけ》づき、震え声で言いなおした。

「ちょいとおめえに用がある。先月の千住の一件だ。と言やあ身に覚えがあるだろう。どんな用か、もうわかったな」

と、早口で続けた。

「せせ、千住の、一件、と言いやすと」

浅吉は生唾を呑みこんだ。

「ふん、今さらしらばっくれたって無駄だぜ。おめえらがやったことは何もかも、お見とおしだ。逃げられやしねえ。よけいな手間をとらせんな。盗った金をかえせ。おめえが大人しく金をかえせば、それで許してやると、親分さんは仰っているんだ」

「お、親分さん？　と言いやすと……」

「おめえが知らなくたっていいんだよ。この一件の始末を頼まれなすった親分さんだ。さっさと、金を出せ」

「今、て、手元には、ありやせん」

「どこにある」

「うちに、隠してありやす。けど、もうあんまり残っちゃいねえんで……」

声がさらに小さくなった。

男らが沈黙して浅吉を睨んだ。浅吉は震えていた。

「いいだろう。まず、残っている分だけでも出せ。それからだ。案内しろ」

早口が、月明かりの下で顔を歪ませた。

傍らから別の男が、浅吉の肩を荒っぽく突き飛ばした。

「いきなっ」

同じとき、五間堀の御家人の組屋敷の木戸がそっと開き、菅笠《すげがさ》に両掛の荷物、袴に脚絆、草鞋の旅姿の侍が、通りの様子をうかがいつつ、足音を忍ばせ出てきた。

通りは月明かりに照らされ、人影は見えなかった。

町は寝静まり、犬の遠吠《とおぼ》えも聞こえなかった。

侍は提灯を持っていたが、横川に出るまで月明かりを頼りにいくつもりだった。いき先はとりあえず、潮来《いたこ》を目指していた。潮来にあてがあるわけではなかったが、ただ、潮来へでも、と思いついただけだった。

懐のこの金さえあれば、なんとかなる、と腹巻の金を押さえた。

両親はとうにおらず、部屋住みの身の御家人の身分など、未練はまったくなかった。若いときから、年中素寒貧《すかんぴん》で、強請《ゆす》りたかりまがいのことをして少し金が入れば、博奕《ばくち》と、酒や女郎に蕩尽《とうじん》する無頼の暮らしだった。

こんな暮らしに御家人も武士もあるか——と侍は自らを嘲《あざけ》った。

侍は、五間堀の堤道まで出た。堀の暗い水面に月明かりが映っていた。

「脇長多十郎さん」

堤道を竪川の方へとった背後から、いきなり呼び止められた。

脇長は背中をすくませた。背筋をぞっとするものが走っていた。気がつかないふりをして、歩みを止めなかった。歩きながら、どうするか考えた。

「脇長、待ちな」

と、後ろの声は乱暴になった。

足早に近づいてくる足音は、ひとりや二人ではなかった。

と、そのとき堤道の前方から人影が、草履の音を鳴らし近づいてくるのがわかった。

脇長は歩みを止めずに、懸命に考えた。右手は五間堀、左手は寺院の高い土塀だった。

これまでか。斬り死にか。と、背中にまた声がかかった。

「脇長……」

咄嗟のことだった。五間堀へ身を躍らせた。

「ああ、野郎」

叫び声が聞こえ、それから脇長の身体は月明かりに照らされた五間堀の水中に没した。

追え、追え……と、けたたましく叫ぶ声と人が堤道をばたばたと駆ける気配はあった。

だが誰も飛びこんで追いかけてこなかった。

菅笠が脱げてどこかへいき刀が重かったが、水を必死にかいた。

五間堀の対岸の堤にすがりつき、ようやく浮き上がると、

「野郎、あそこだ」「向こうへ廻れ」「逃がすんじゃねえぞ」と、男らの足音が右往左往していた。

近所の犬が騒ぎを聞きつけて吠え、町のあちこちで犬の鳴き声が起こった。

脇長は、対岸の堤道へ必死に這い上がった。

ここが生死の分かれ目だ、と思いきっていた。

男らの方を見向きもせず、堀ぎわに裏店が入り組んだ中へ、夜にまぎれこむように走り去った。

三

翌日、北町奉行所内座之間に内与力・久米信孝と萬七蔵が対座していた。

その朝も、残暑を思わせる日射しが縁廊下の明障子に射していた。七蔵はその明障子を背に、久米の話に耳を傾けていた。

勘定奉行より北町奉行の小田切土佐守へ、伺方《うかがいかた》の運上方に勤める角丸京之進が殺害された昨日の一件の、隠密探索の要請があった。

久米は「萬さん、この調べは隠密だよ」と、しつこく念を押してから声を落として言った。

「勘定衆は仕事柄、何かと誘いがある。家格より《引下勤め《ひきさげ》》をしてでも勘定所勤めをしたほうが金になる。役得も多い。殊に商いの運上金と冥加金を掌握する運上方は、《手心十両《てごころ》》と聞いたことがある。叩けば埃が誰でも多少は出る、というわけだ」

久米は苦笑いを、七蔵との間へ遊ばせた。

「さまざまに扇を使う奉行職、そんな川柳があったな。上がそれだから、下もそれに倣って何がおかしい。誰もがそう思っている。だが誰もが、埃が出すぎるのはまずい、とも思っている。殊に下の埃はな。ましてや、この一件は殺しだ。誰でもある多少の埃ではすまなくなった。埃の出る仕事柄、逆に、恨みを買う事情も相当あるからな」

久米の苦笑いが、皮肉な含み笑いになって内座之間に流れた。

「勘定所はな、今、みな疑心暗鬼になっておる。角丸殺害が男と女の痴情のもつれとか、借りた金をかえすのかえさないのというのであれば、さほどのことはないが、事情が勘定所の仕事がらみだったら、もしかしたら、あれか、これか、と思いあたる節のある者がそこらじゅうにいて、事は簡単ではない」

公事溜で、下番《かばん》の公事人の名を呼びあげる声が聞こえてきた。詮議所の開かれる刻限だった。

「だいたいが、職禄百五十俵ごときの下っ端の勘定衆がだよ、妾奉公などを抱えていたということは、役目がらみの袖の下が相当盛んだったと疑われても仕方がない。そこで公事方は角丸殺害を受け、角丸がこれまで携《たずさ》わってきた役目の詳細の、ひとつひとつの洗い出しを始めている。だが、一件が角丸ひとりの事情ですまないことは明らかだ。萬さん、角丸殺害の手口を聞いたか」

「最初に自身番より知らせを受けて、現場の検視にあたったのは当番方の松方《まつかた》です。松方から、ほぼ詳細は……」

「ふむ。松方はどう言っていた」

「無駄のない手ぎわからして、誰かが玄人に頼んで角丸を始末させた仕事だと、睨んでいるようです」

「玄人の仕事か。勘定所の公事方もそう見ている。公事方が調べている。きっと角丸殺害を謀《はか》った誰かが浮かんでくるだろう。だが、誰が角丸殺害を頼まれたのか。そういうことは、公事方が帳簿を穴が開くほど睨んでも出てきはしない。そういう仕事は町方でなくてはな。つまり萬さんのこのたびの役目は、角丸殺害を頼まれた玄人の仕事人の探索だ。いいかい」

「承知、いたしました」

七蔵は頭《こうべ》を垂れた。そして、

「町方としても、そんな玄人の仕事人を江戸の町家にのさばらしておくのは、ちょいと癪《しゃく》ですからね。とっ捕まえて見せますよ」

と、さらりと言った。

「萬さんにそう言われると、心強い。が、さっき言ったろう。この探索は隠密だし、掛は勘定所だ。要するに、勘定所は一件が表沙汰になる事態を望んでいない。角丸京之進はあくまで、勘定所とはかかわりなく、おのれの事情で災難に遭った。そういうことで落着を図りたい。勘定奉行さまよりうちの御奉行さまが内々に頼まれた。わかるだろう」

「まあ、わかりますがね」

七蔵はこたえつつ、少々白けた。

その様子を察して、久米は唇をへの字にした。

「勘定所へ町方からの貸しだよ。仕事人を探り出したら勘定所に知らせ、始末は向こうに任せるんだ。向こうから言ってこない限り、町方は動かぬ。だから、町方に手柄もないわけだ」

「まさか、勘定所は仕事人の仕業みたいに、闇から闇に葬る腹じゃないでしょうね」

「まさか。だが、捕縛したとしても別件になるだろうな」

久米はいっそう苦々しげな笑い顔を見せた。

「萬さんはそっちに専念し、御番所に顔を出さなくていい。ただし、探索の進み具合は、細かに報告してくれ。なんなら、毎晩《し乃》で報告を聞いてもかまわんぞ」

「ひとつ、お願いがあります」

「なんだい」

「公事方と重なるかもしれませんが、仕事がらみを含めて、角丸京之進の日ごろの暮らしぶりを、あれこれ詮索することになります。わたしが直に、勘定所の朋輩《ほうばい》やらに話が訊けるよう、手配を願いたいのです」

「わかっている。勘定奉行さまから角丸の勤め先の下勘定所に、町方の探索に助力するよう、お達しがすでにいっているはずだ。大手門内の下勘定所にいけば、角丸の話が訊けるだろう」

勘定所は、勝手方の奉行および吟味役が出仕する殿中の勘定所と、下役が事務を執る下勘定所が大手門内にある。角丸は、その下勘定所に出仕していた。

「それと、千住の一件はどうしますか。一応、訊きこみは続けていましたが」

「ああ、千住の一件か。もう忘れていたよ。当然そっちはあと廻しだ。何か変な事情でも発覚すれば別だがな……」

七蔵と樫太郎が濱町通りをいくとき、本石町《ほんこく》の時の鐘が午の九ツを報せた。

濱町堀に架かる榮橋《さかえ》から久松町《ひさまつ》の通りを東へ抜けた武家屋敷の並びの中に、勘定所勘定衆・角丸京之進の屋敷がある。

屋敷には玄関と式台があった。

屋敷では、主《あるじ》・角丸京之進の葬儀の読経が始まっていた。

角丸家の菩提寺《ぼだいじ》は本所にあったが、当人の仕事柄、勘定方の会葬者を多数迎えなければならない事情を考慮し、葬儀は濱町の屋敷で執り行なわれた。

角丸は、妻と子が二人と老父母を抱える暮らしだった。

職禄百五十俵の公儀勘定衆として、平凡な日々を送ってきたかに見える。

大家《たいか》とはほど遠いが、貧しい暮らしではない。

その平凡な日々を送ってきたかに見える一勘定衆が、昨日、突然命を絶たれた。それも、深川に抱えていた妾の裏店でだ。

昨日夕刻、何日も行方がわからなくなっていた倫が、突然、八丁堀の組屋敷に戻ってきた。そして、七蔵はまるで倫に導かれるみたいに、角丸が殺されていた深川の裏店へいき着いた。

角丸の妾・お久木《くき》は、裏店に現れた倫を見つけ恐怖に戦《おのの》いて絶叫した。

倫が賊の一味だと……

お久木によれば、倫は角丸が殺された様子を、傍らで見ていて、まるで、賊と一緒に忍びこんだみたいだった、と話した。

確かに、倫の素ぶりは、七蔵に伝えるためにわざわざ深川から八丁堀の組屋敷に戻ってきて、そして七蔵を角丸が殺された深川の裏店へ導いた、と思えなくはないほど、不思議な行動だった。

角丸の殺しに妙な因縁を覚えたのは、そのときだった。

賢い猫だが、高々、猫の気まぐれな行動にすぎないと思いつつ、倫を八町堀へ連れて帰ってからも、七蔵はずっと考えこんだ。

倫、おめえ、行方知れずの間は誰と一緒だったんだ？　と。

遺体を深川の火葬場へ運ぶまでの合い間に、角丸の妻と老父母から、町方のあくまで形だけの調べという事情を述べ、話を訊くことができた。

気の強そうな妻は、七蔵に澱《よど》みなくこたえた。

「気配りができ、お役目大事の真面目で、優秀な人でした。妾を抱えていたのは知っていました。けれども、私事《わたくしごと》とお役目のけじめには厳格な夫でしたから、気にはしていませんでした。勘定方はとても大事なお役目なのです。さぞかし、気疲れもあったのでしょう。少々のことはよろしいのでは、と思っておりましたし……」

「お役目のうえで、他人の恨みを買うような事情など、あるはずがありません。ただ筋をとおす人ですから、だめな事はだめ、と譲らない一徹な気性はあったかもしれません。ですが、仕事の考え方や進め方にほかの方と違いがあったといたしましても、勘定方は組頭さまのお指図に従って決めるのですから、夫が恨みを買うというのは筋が違うと思います」

「家では子供たちに手本になる父親ですし、父母にも孝行を怠らない立派な人でした。妾の給金やおつき合いの費用などをどのように拵えていたか、詳しいやり繰りは申し上げられません。借金があったかどうかと聞かれましても、暮らしについての家計は全部、夫に任せていましたので、よくわからないのです。何しろ勘定方です。お金の勘定はわたしは敵いませんから」

などと、妻の語る亭主の姿は、亭主を妾の裏店でどこの誰かもわからない相手に突然殺害されたにもかかわらず、どこかよそよそしく、ありふれた上っ面《つら》でしかなかった。

昨日、角丸は運上方の御用で加奈川宿へ、二泊の予定で出張に出かけたことになっていた。それが、深川の妾の裏店で殺されたのである。それについて訊

ねると、気の強そうな妻は、

「いったい何があったのか、わたしにだってわかりませんよ……」

と、そむけた顔を不機嫌そうに歪めたばかりだった。

次に七蔵は、老父母には気の毒と思いつつ、倅《せがれ》・京之進の一件に思いあたる事情がないかと訊ねた。

老父母の嘆きぶりはまことに哀れだった。京之進は父母にとって、さぞかし自慢の倅だったのだろう。それでも御家人の老父は侍らしい気丈さで、

「父親のそれがしが倅の敵を討つことはできぬが、何とぞ、理不尽にも京之進を殺《あや》めた者に、しかるべき罰をお上より、断固くだしていただきたい」

と語気を強め、老いた妻共々、涙をこぼした。

「角丸家は、元は本所に屋敷があった百俵ほどの小普請でした。われら、ただ二刀を帯びておるというだけの、なんの芸もない御家人の家です。しかし、倅の京之進は違った。幼いころから、本当に頭のよい子でしてな」

老父は、京之進がいかにすぐれていたかを、繰りかえし語った。

小普請は無役である。無役とは言え百俵の家禄ならば、低禄ながら貧乏所帯なりに暮らせぬことはなかった。が、実際は違う。三番勤め、と言って、三人

の小普請請役が三日に一度ごとに交代で勤め、百俵の家禄を三人で分け合うのである。

角丸家は内職をせねば、暮らしていけなかった。

だが、そんな貧乏御家人の倅の京之進は、子供のころから抜群の記憶力を持ち、算勘《さんかん》が得意であった。

内職に明け暮れる父母は、この子はもしや、と大きな期待を抱いた。倅の将来に期待を寄せ、大事に育てた。その甲斐あって、父母の期待どおり、京之進は二十歳のとき、ついに勘定所勘定方を命じられた。

勘定方より家格の高い家の者ですら、《引下勤め》と卑しめつつ、算勘の能力があれば勘定方に就くことを望んだ。

公儀の中で、勘定方は武家が出世を望める数少ない役目であった。

成績次第で勘定方から勘定組頭、さらに勘定吟味役や代官に抜擢される望みがあった。その勘定方に、京之進はとりたてられたのである。

勘定方の職禄は百五十俵。それを、三番勤めで分け合うのではなく、おのれの能力ひとつで得た。内職に明け暮れる貧しさから、角丸家は解き放たれた。

数年がたって、京之進は伺方の分課である運上方に就いた。運上方は、商工業者の運上金や冥加金のいっさいを扱う掛である。

それに伴い、本所の板塀に囲われた粗末な御家人屋敷から、濱町の玄関と式台がある屋敷を拝領したとき、京之進はまだ二十代の半ばだった。

それから京之進は、あたり前に嫁を迎えた。子ができた。年月をへて、妻子と年老いた父母を抱える身になった。

だがそれから先に、御家人の角丸京之進の出世の望みはなかった。

表向き、組頭は勘定衆からとりたてられることになっているが、実情は、勘定衆から組頭に出世できるのは旗本に限られていた。組頭は十五人。職禄三百五十俵、それにお役料が百俵つく。

どれほどいい成績を収めようと、御家人である角丸は、実情は組頭に就けないのである。同じように出世の道を断たれた勘定衆、支配勘定衆合わせて二百数十名の秀才が、ひしめき合っている中の角丸はひとりであった。

四

葬儀が終わって、角丸京之進の遺体を納めた桶《おけ》が、濱町堀の榮橋の河岸場より艀《はしけ》に積まれ、縁者を乗せたもう一艘の艀と共に深川の火葬場へと向かう様子を、七蔵は会葬者らの列につらなって、榮橋の袂より見送った。

会葬者の中には、角丸の上役の組頭や運上方の朋輩らもいた。

組頭と朋輩らは町方の七蔵の詮索にいい顔をしなかったものの、上役より町方に協力すべしとの指示を受けているらしく、一行が大手門内の下勘定所へ戻る道々、歩きながら話を訊くことができた。

勘定方はみな、裃役である。その一行に黒羽織の七蔵と手先の樫太郎がまじって、榮橋を渡り、表店の並ぶ往来を西へとった。

榮橋からの道幅は、おおよそ五間。富沢町と長谷川《はせがわ》町の境の大門通りを横ぎり、人形町《にんぎょう》通りをすぎて新乗物町《しんのりもの》、さらに新材木町へといたる往来は、賑やかな商人の町並が続いている。

予期はしていたが、組頭や朋輩らからも、素っ気ない、あたり障りのない話しか聞けなかった。

角丸京之進はすぐれた勘定方らしい勘定方だった。業者には公正に臨み、誰からも信頼され、あれほどの男があんな目に遭うとは……。

と、朋輩らはみな口をそろえた。

加奈川宿出張の一件については、「それはお役目上のことゆえ、一件にはかかわりがなかろう」と、朋輩らの返答はにべもなかった。

「妾？　人それぞれだが、一人前の男が妾奉公のひとりや二人を抱えて、何かおかしいか」

谷町徳之助《たにまちとくのすけ》と名乗った組頭が、七蔵に町方ごときという素ぶりを隠さず、横柄にこたえた。

「そうでございますね。妾奉公ぐらい、珍しい話ではございませんよね」

と、相槌《あいづち》を打った。

たいした話も聞けず、組頭や朋輩らと室町の大通りで別れた。

「ちぇっ、偉そうに。誰もかれもが、すぐれているの信頼されているのと口をそろえてやすが、そんな立派なお役人が妾を囲い、その挙句があの死にざまは、ちょいと妙な話じゃありやせんか」

樫太郎が大通りの人通りの向こうへ消えていく勘定衆らを眺めやって、不満げに言った。勘定衆らの、自分らはお上の重要な役目に就いている、と言わんばかりの尊大な素ぶりが、いい加減、鼻についたのだろう。

「樫太郎、嘉助親分に頼みたいことがある。よし床へいく」

「へい」

と、七蔵と樫太郎は室町の髪結《よし床》へ向かった。室町の大通りを北へとれば、神田川に出て筋違《すじかい》御門、南へいけば江戸の中心、日本橋である。

「旦那、あっしが思うに、角丸さんにはなんぞ裏の顔があったんじゃあ、ねえんでやすか」

賑やかな大通りをいきながら、樫太郎が七蔵の背中に声をかけた。

「算勘ができて、どれほどいい成績を残しても、旗本でなければ組頭にはなれねえ。組頭に就けなけりゃあ、その先の出世の望みもねえ。そんな中で、女房が言っていたお役目大事、だけではない、ほんの少し上手くたち廻ることで分相応以上に得られる贅沢《ぜいたく》な暮らしに、角丸京之進は慣れていったのかもな」

「小普請の内職に明け暮れる貧乏御家人が、百五十俵の職禄をとる役目に就いて、玄関と式台のある屋敷に住める身分になった。それだけじゃあ満足できなかったんですかね」

「たぶん角丸は、勘定方に就いた若い時分は、お役目大事と脇目もふらずひと筋に勤めていたんだろう。けど、それが何年も続いて、同じ勤めをくる日もくる日も繰りかえしているうち、いつの間にか、表の顔ではお役目大事と勤める裏で、こっそり吸った甘い汁の味が忘れられなくなった、と考えられなくはねえな」

七蔵は樫太郎へふり向いた。

「樫太郎、役人はそれがわかっている。だからみな角丸を庇《かば》うのさ。妾の裏店で殺されたのは、ひとつ間違えばおれだったかもしれねえ、他人事《ひとごと》じゃねえ、と知っているからだ。町方役人も似たようなもんさ」

「旦那、そうじゃねえ役人も、たくさんいるじゃありやせんか」

樫太郎が青空の下で純朴に言って、七蔵を微笑ませた。

そのとおりだ、樫太郎。似てねえ役人も、たくさんいるさ……

再び室町の大通りをゆきながら、その言葉を胸の中に仕舞った。


室町の髪結《よし床》の女房のお米《よね》が、店の間の隣の茶の間に上がった七蔵と樫太郎に、茶と茶菓子のちりめん饅頭《まんじゅう》を出した。

「お米、また仕事の邪魔をして、すまねえな」

「いいんですよ。うちの人が旦那の御用のお役にたてるなら。今朝も話していたんですよ。あんまり御用がないと、退屈でいけないって。そろそろ旦那とかっちゃんが見えるころじゃないか、おれはそういう勘がいいんだって、髪結のくせに笑っちゃいますよね」

「嘉助親分、その鋭い勘で、おれたちがきたわけが、なんか臭うかい」

腕組みをして七蔵の話を聞いていた亭主の嘉助が首をひねり、お米の運んできた茶碗を持ち上げた。

「昨日、深川の江川沿いの裏店で、男がひとり、刺されたそうでやすね。裏店は男が囲っていた妾の住まいで、刺された男は、御公儀の勘定方のお役人だとか。うちのお客さんの間でも、今朝からその話がずいぶんとり沙汰されておりやした。あっしは気になって気になって……」

七蔵と樫太郎が顔を見合わせ、口元をほころばせた。

「さすが、親分。図星でやす」

樫太郎が言った。

嘉助は、やっぱりかい、というふうな表情を引き締めた。

店の間では、半年前まではまだ剃出《すりだ》しだった広ノ助《こうのすけ》が一人前になって、今では親方の嘉助に代わって修業の小僧を使い、《よし床》をきり廻している。

嘉助は店の間の広ノ助の、手ぎわのよい働きぶりを茶の間から眺め、ちょっと親方の顔つきになった。

「広ノ助を養子にして、よし床を全部あいつに任せてこっちは隠居暮らしを、と思っていたところが、人間、歳をとっても気楽が一番、とは限りやせん。どうも、気持ちがむずむずして、いけやせんね……」

「ふむ。わかるぜ。嘉助親分に今、隠居をされちゃあこっちも困る。親分にはまだまだ働いてもらわにゃあな」

「合点承知、で。その勘定方殺しの事情を、お聞きしやしょう」

嘉助が目を輝かせ、七蔵は心得顔で頷いた。お米が勝手の方へさがり、

「親分に探り出してもらいてえことが、二つある……」

と、七蔵は話し始めた。

嘉助は、七蔵の手先を長い間務めてきた腕利きの岡っ引だった。

六十が近くなった一昨年《おととし》、「もう歳でやすから……」と、手下の下っ引の中で使えると見こんだ樫太郎に七蔵の手先を譲った。

しかし、嘉助は六十をすぎた今でも、顔の広さ、腹の据わった度胸のよさ、探索の衰えぬ嗅覚を備えた、七蔵の頼みになる右腕だった。

「わかりやした。勘定方の角丸京之進、でやすね。殺害の手口の鮮やかさから

見て、手を下したのは玄人に間違いねえとすると、誰かが角丸殺しを玄人に頼んだ。こいつあ、相当わけありな気配でやすね。角丸の身辺を叩きゃあ、埃が舞い上がりやすぜ」

「深川の妾の裏店で、玄人に命を奪われるほどの裏が、角丸にはあった。ごたごたを抱えているとすりゃあ、たいていは金がらみだ。勘定方の役目以外に角丸と金銭がらみのつながりのあった誰かがいるはずだ。それも、あんまりまっとうな暮らしをしているとは思えねえやつだ。親分には深川を中心に、そっちを探ってもらいてえ。それがひとつ」

「深川なら、女郎屋、酒場、賭場、それに存外、金貸しや銭屋の手代らにもつながりがあるかもしれやせん」

「なるほど。金貸し、銭屋か。いかにもありそうだ。借りた金がかえせなくて落とし前をつけさせられた、というのもあるしな」

「旦那、二つ目をどうぞ」

「じつは、そっちが肝心なことなんだ。勘定方を始末させるために誰が雇ったかじゃなくて、勘定方を始末させるために誰を雇ったか、だ」

　と、七蔵は嘉助へ身を乗り出し、声をひそめた。

「いかに表六玉《ひょうろくだま》でも、二本差しの侍をひと突きで始末をつける手口は、尋常な腕前じゃねえ。世間の目が祭りの賑わいに向いているのにまぎれ、妾と真っ昼間のあの最中を狙った。そいつは角丸が加奈川に出張の名目で、深川の妾の裏店にしけこむのを知っていたのも、間違いねえ」

七蔵はひと息つき、茶を口に含んだ。

「やつは、周到な支度をしていたってえことだ。それとな、一件の検視をした当番方が言っていた。現場《げんじょう》はたいして血が飛び散っていなかった。驚くほど綺麗だったそうだ。妾のお久木が言うには、そいつはひょっとこの面をかぶり、ずいぶん落ち着いた様子だった。角丸に布団をかぶせ、血が飛び散らないようにして、とにかく、仕種が静かだった、よけいな事をいっさいしていねえ」

「ふうむ、とことんかんかん、ぴいひゃらら、と外では大勢が祭り見物に夢中になっている賑わいを聞きながら、内では勘定方を血を飛び散らせず静かに、でやすか。よけいな事をいっさいしていないってえのが、玄人のやり方らしく、ぞくぞくさせられやすね。おっかねえ」

嘉助は腕組みをし、首をかしげた。

「たぶんそいつは、一片の憐《あわれ》みも感じず、人を始末できるやつですね。魚をさばく料理人みたいに頼まれた仕事を綺麗にやってのける。それも一流の料理人だ。江戸にそんな腕利きがいるのか。足がつかねえように、よそ者を使ったってえことも考えられやす」

「親分、そっちの噂や評判も集めてくれ。すなわちこの務めは、おれたち町方は勘定所の事情には首を突っこむな、だが、手をくだしたやつは町方の面目にかけて探り出せ、探り出したら勘定所が都合よく落着させるから、町方にはもう用はねえ、ってえ段どりなのさ」

「そいつはまさに、勘定所に都合のいい段どりでやすね。けど、首を突っこむなったって、勘定所の事情は隠しきれやせんぜ。だいたい、うちの客でさえ、勘定方は運上方で、商人《あきんど》に運上金をまけてやるから袖の下をもっと寄こせと欲張りすぎて、始末されたらしいって、言い触らしていやすからね」

　七蔵は、ふ……と小さく吹いた。

「世間の勝手な噂は仕方がねえ。親分が探る中で勘定所に具合の悪い事柄が見つかっても、そいつは親分の胸の中に仕舞っといてくれ」

「へい。旦那にご報告する以外は、誰にももらしやせん」

「頼んだ。じゃあ、またくる」

「お任せを。旦那はこれからどちらへ？」

立ちかけた七蔵と樫太郎を見廻し、嘉助が言った。

「妾のお久木にもう一度、話を訊きにいく。何しろ、殺された角丸の女房も勘定所の朋輩らも、てめえらの具合の悪いことは何も話す気がねえらしい。隠しようのねえ具合の悪いことが、もう起こっているにもかかわらずだ」

妾のお久木なら、角丸の裏の顔をおおいに知っている見こみがあった。

だが七蔵はそれより、お久木に倫とひょっとこの仲を訊きたかった。

七蔵は気になってならなかった。

倫とひょっとこが一緒のところを、あの界隈のほかにも誰かが見ているのではないか。倫はなぜあんな不可解な行動をとった。何が倫にそうさせた。

倫、おめえは角丸を殺ったやつを見たんだろう。

五

佐賀町代地のお久木は、家主の矢七郎《やしちろう》の店《たな》に身を寄せていた。

公事方の調べがまたあるかもしれぬため、引っ越すことができなかった。

と言って、主人の角丸が目の前で殺されたあの裏店では、とても恐ろしくて寝られず、仕方がないからそれまではうちに、と言ってくれた家主の親切に甘えることにしたのだった。

佐賀町代地の自身番にお久木を呼びたて、当番らが囲む中で事情を訊いた。

お久木は膝の上でさほど白くもない手をすり合わせ、「もう、困っちまいましたよ」と、照れ臭そうに言った。

「旦那たって、下役の勘定方ですよ。給金なんて高が知れていましたから、満足な蓄えもありゃしませんし。旦那は金使いは荒そうでしたけれど、存外けちなんです。うちへきて自分のしたいようにして、泊まるときもあれば、泊まらずに帰ることもありました。自分のことや仕事のことはいっさい話しませんでしたから、気楽と言えば気楽でしたけれど」

お久木は目黒《めぐろ》不動のある下目黒町の焙烙焼《ほうろくやき》の職人の娘で、十三の歳に江戸のお店へ奉公に出て、十九のときに妾奉公を始めてから数年、奉公先を渡り歩いてきた女だった。

「親元には、帰れないのかい」

「妾奉公を始めたときから、両親と顔を合わせるのも気まずくなっちまって、今さら親元になんか帰れませんよ。でも、これでもお給金から少しは親へ仕送りはしていたんです。父ちゃんも母ちゃんも、貧乏暮らしだから何も言って寄こしませんけど、娘に妾奉公なんかさせて、肩身が狭いんでしょうね」

お久木は掌をひらひらさせ、薄い白粉顔《おしろい》へ風を送る仕種をしつつ、自身番の当番らへ照れ臭そうに笑いかけた。

「いつごろから、角丸京之進の奉公を始めた」

「去年の冬です。十ヵ月くらいですかね。まだ一年もたちません」

「とんだ目に遭ったな。奉公が台なしになっちまった」

「いいんです。起こったことはもう仕方ありませんから。亡くなった人のことを言うのはなんですけど、あんまりいい旦那じゃなかったし……」

と、痩せた肩の間に首を埋めるようにうな垂れた。

「いい旦那じゃなかったというのは、給金が低いとか、けちだとか、そういうことだからかい」

「それもあります。でもそれだけじゃあ、ありません。金を払っているんだから不平を言うな、馬鹿な妾風情が、みたいな素ぶりを露骨にとる人でしたし、細かいことですぐ不機嫌になって。あたしが不満なら、なんで妾に囲うの、さっさとお払い箱にすればいいじゃないの、って思っていました。とにかく、一緒にいて、楽しい人じゃありませんでした」

「角丸に、誰か訪ねてこなかったか。仕事でも遊びでも、角丸とつき合いのありそうな人物とか親しい友とか、覚えているところを教えてくれ」

「さっきも言いましたように、自分のことも仕事のこともいっさい話さない旦那で、親しくつき合いのある人はいなかったんじゃありませんかね。人づき合いがよくないって言うか、人に好かれないって言うか。まれに、旦那はいるかって、恐い顔つきの人が訪ねてくることはありました。どなたって訊いたら、れいの件だと言えばわかるって言うだけで、名乗りもしないんです」

「れいの件、とはなんの事だい」

「わかりませんけど、たぶん、借金だと思います」

「角丸は借金を抱えていたのかい」

お久木は痩せた肩の間に埋めた首を頷かせた。

「どれぐらい、抱えていた」

「さあ、旦那は何も言わなかったから。でも、相当抱えてたと思いますよ。三月《みつき》に一度、あたしに給金を渡すのにも、約束より少なかったり遅れたりしていましたし。そのくせ、金なんかおれがその気になれば幾らでも作れるんだ、と鼻先で笑って偉そうに言っていましたけど」

「れいの件で訪ねてきたやつは、どこの誰か、角丸は手がかりになるようなことを言っていなかったか」

「どこの人なの、なんの用だったの、って聞いたら、目を三角にして、おまえみたいな馬鹿がそれを知って何をするつもりだ、おまえになんのかかわりがあるんだって、罵《ののし》るんです。恐いし、不愉快になるばっかりだから、それからは何も聞きませんでした。ですから本当に、どこの誰兵衛か知らないんです」

「そのどこの誰兵衛は、ひとりかい。それとも……」

「三人、四人……貧乏そうなお侍もいました」

と、考えながら指を折った。

七蔵は胸の前で腕組みをし、考えた。自身番の腰障子の隙間から、佐賀町代地の小路に、午後の白い日射しが落ちていた。子供らの遊ぶ声と、江川堤に干す干鰯の臭いが町内に漂っていた。

自身番の部屋の一方に控えている当番のひとりが、七蔵と樫太郎、そしておく久木の前においた湯呑の茶を替えた。

お久木が申しわけなさそうに、白粉の斑《まだら》になった細い首を当番へすぼめた。

すまねえな――七蔵は当番にひと声かけ、腕組みをといた。

「公事方にも町方にも話したろうが、もう一度、昨日の顚末《てんまつ》を聞かせてくれ。やつが現れてから、たち去るまでの一部始終をな」

「やつって、ひょっとこの面をかぶり、白猫を連れていたんだろう。昨日あんたは、白猫が賊の一味だと、言っていたな」

「そいつだ。ひょっとこの賊のことですか」

「ああ、あの白猫。思い出しただけでも化けて出てきそうで、ぞっとする」

お久木は、いやだいやだ、というふうに首を左右にふった。

「化けて出てきやしねえよ。綺麗な白猫じゃねえか。で、賊に気づいたのはいつだい」

「はい……」

と、お久木がぼそぼそと話した昨日の顚末は、長いものではなかった。

最初に気づいたのは、枕元にちょこなんと座って、お久木の顔をじっと見ている白猫だった。

「あんた、猫だよっ、て言ったんですけど、旦那はあっちに夢中でぜんぜん気がつかなくて……」

当番のひとりが「あっちに夢中で」という言葉に、くす、と笑った。

だが、お久木はかまわず続け、

「そしたら突然、旦那の顔がいったん仰《あお》のけに持ち上げられたみたいになって、今度はぐにゃりと凭れかかってきた感じです。げえって、気色の悪い声をあげたけど、祭りの賑わいにかき消されて、よく聞こえませんでした。で、旦那の上から覆いかぶさるみたいにひょっとこが現れ、あったかい大きな手で口をこうやって押さえられたんです」

と、自分の掌で口を覆う真似をして見せた。

賊は、騒がなければ殺さない、と面の下からくぐもった声で言った。

ぐにゃりと覆いかぶさってきた旦那のうなじに、賊の握った刀が刺さっているのがわかった。

「上から重なった旦那の身体がぶるぶる震えてましたし、かすかにうめいていて、もう恐ろしくって泣いちゃいました。それで……」

と、お久木は、賊の姿が店から消えていたときまでの経緯を語ったが、賊を見ていたのは、旦那のうなじから血が噴き、賊がかえり血を浴びないように布団をかぶせたところまでだった。

「あとはぎゅっと目を閉じていました。ですからなんにも見ていないんです。着物を整える気配や、外へ出ていくような気配はしていたんですけど、恐いから見ていません。ただ、猫が一回ぐらい鳴いたかな」

「賊の身体つきは、大柄だったかい。それとも……」

「よくわかりません。下から見ただけですし。あの、賊は裸の上に大工さんの黒い腹掛みたいなのを着けていたと思います」

「大工の、腹掛にひょっとこの面か」

「それと、一度だけ、薄目をちょっと開けて様子を探ったとき、賊が着物をなおすような仕種ですっと立っていました。あのとき、天井がずいぶん低く見えましたから、大柄だったかもしれません」

貧しい裏店はむき出しの屋根裏が多いが、少しましになると格子の天井がとりつけてある。

「賊の握っていた得物はどんな道具だった。覚えているか」

「仕こみみたいな得物を、こんなふうに、逆手に握って、ぐさっと刺した感じでした」

「仕こみ？　匕首《あいくち》とかじゃなくて、仕こみ杖《づえ》か」

「杖じゃなくて、恐くてよくは覚えていませんけど、逆手に握った柄に鍔《つば》がなかったような気がします。匕首より、もう少し長くて、神刀《しんとう》みたいな。ぐっと喉を突き通して、切先が畳に刺さったのがわかりました。でも刀身がうなじに刺さったところから柄まで、まだ余るくらい長かったですから」

「鍔のない神刀みたいな刀を、逆手に握って、こうだな？」

七蔵は自分でもその仕種をやって見せた。

「ええ、ええ、とにかく、とても手慣れた感じで、旦那は操り人形が投げ捨てられたみたいにあっさりと、なんにもできず、あたしに乗っかったまま、仏さんになっちまったんです」

そこまで言って、たった十ヵ月務めただけのいやな旦那でもやっぱり情が湧くのか、お久木は急にこみ上げてきたようにむせび始めた。

すると普段は刀など持っていそうには見えない暮らしをしているが、それが仕事になると仕こみのような刀を使う、ということか。

鍔のない刀なら、白木の鞘の祭壇に捧げる神刀を持つ修験者《しゅげんじゃ》。仕こみ杖を携えた雲水《うんすい》。商人、行商、旅姿……

いやいや、姿格好なんぞ、幾らでも拵えることができる。操り人形が投げ捨てられたみたいに、あっさりと、なんにもできず、か。外が祭の賑わいの最中だとしても、二本差しの侍がうかつにすぎるぜ……。

七蔵は考えつつ、お久木が震わせる痩せた肩を見守った。

「お久木、賊の一味の白猫は、その間、どうしていたんだ？」

「ですからね。鳴きもせず、ただじっとあたしらの傍らに座ってね……」

と、お久木は袖が汚れるのもかまわず涙をぬぐった。

「大きな気味の悪い目を見開いて、旦那がひょっとこに殺される一部始終を、見ていたんですよ。あたしはてっきり、死神が化け猫になって出たんだと、思いましたよ」

お久木のむせび泣きが、途ぎれ途ぎれに続いた。


七蔵と樫太郎が佐賀町代地から江川橋を渡ったとき、江川橋をくぐり抜けた荷足船の満載した干鰯が、ぷうん、と音をたてるように臭った。

樫太郎が「きついっすね」と、袖で鼻を覆って七蔵に言った。

うん？　うん——と、七蔵は気のない返事をしただけで、江川橋を渡った。

陽岳寺門前、油堀端を寺町の万年町《まんねん》二丁目、三角屋敷とすぎ、油堀の枝川に架かる丸太橋を越えて元木場町の一画、材木町へとった。

枝川の堤道を北の仙台堀へ出て、大川の方へ道を折れた。それから仙台堀に沿って往来をゆき、大川端の佐賀町の濱通りへいたった。

七蔵は、大川へそそぐ仙台堀に架かる上の橋の南詰に立ち止まり、大川を南北に見渡した。川向こうに蘆《あし》に覆われた三ツ俣《また》があり、対岸は箱崎《はこざき》町や北新堀町のある永久嶋《えいきゅうじま》、そして大川沿いの屋敷の土塀がつらなっている。

大川の上流に新大橋が跨ぎ、下流には永代橋が架かっている。中洲の方で、水鳥が飛び交っていた。

残暑が続いて川風は心地よいが、青空の北の方に白い雲が折り重なって見えた。

大川を見渡す七蔵の小銀杏の刷毛先を、川風がそよがせた。

樫太郎は七蔵の、黒羽織の広い肩を黙って見つめた。

こういうとき、旦那は何かの考え事に耽《ふけ》っていて、樫太郎が声をかけても気のない返事しかかえってこないのがわかっていた。だから樫太郎は、旦那の考え事を邪魔しないように黙っている。

「樫太郎、おれがなぜこの道をきたか、わかるか」

しばらくして七蔵が大川を眺めたまま、背中越しに言った。

「へい。初めは、旦那は次にどこへゆく気かな、と思っておりやしたが、材木町へ丸太橋を渡ったころから気がつきやした。ここまでの道は昨日、倫に導かれた道順でやすね」

七蔵は樫太郎へふりかえり、ふふん、と笑った。

「賢いな、樫太郎。そのとおりだ。昨日、倫はおれたちを導いて、八丁堀から新堀の豊海橋を越え、永代橋を渡ったな」

「そうです。それから佐賀町の濱通りを北にとり、この上の橋の袂まできて、ちょっとぐずぐずしたあと、佐賀町代地からここまでの道順を逆に、一目散にいったんでやす」

樫太郎が若い声でこたえた。

「倫は、なぜこの道をとったと、おめえは思う」

「なぜ？　なぜでやすかね」

「この濱通りを大川を渡らず北へいけば、本所、向島《むこうじま》、そのもっと先は葛飾《かつしか》郡《ごおり》に足立郡だ。新大橋を渡れば日本橋、両国橋を渡って両国広小路、吾妻《あづま》橋なら浅草観音。だが倫は深川の猫だ。ここまできて、北ではなく南へゆき、永代橋を渡って八町堀へ戻る道を思い出した」

七蔵はまた大川へ向きなおった。

「そうか、旦那。倫は賊と一緒に佐賀町代地からここまで戻って、ここで賊と別れて永代橋へ向かったんでやすね」

「きっとそうだ。もし賊が永代橋を渡るつもりだったら、この道へはこなかったろう。たぶん、油堀の道をいったはずだ。けど賊はこの道をとった。なぜなら賊は、北からやってきたんだ。北から角丸を始末しに、やってきたんだ。この道が、やつの北のねぐらへ戻る道なんだ」

七蔵は、江戸の町を真っ二つにして悠々と南北に流れる大川の北の上流へ、遠い眼差しを投げた。

果てしない青空が、大川の上に広がっていた。

「樫太郎、町内の訊きこみをするぜ。昨日の昼間、真っ白で綺麗な猫を見なかったかってな。一軒一軒あたれば、表店の誰か、倫を見ていたやつが見つかるかもしれねえ。倫を見ていたやつなら、倫と一緒にいたやつも、きっと見ているはずだぜ」

六

永代橋を渡ったとき、本石町の時の鐘が捨て鐘を三つ鳴らし、それから夕六ツを報せた。

七蔵と樫太郎が、八丁堀亀島町の組屋敷に戻るころ、宵の帳《とばり》は界隈にすっかり下りていた。

同心の組屋敷に門はない。およそ百坪の敷地を囲む板塀に片開きの木戸があり、前庭の踏み石をたどって表戸の腰高障子へいたる。

前庭から井戸と勝手口のある中庭へ廻る境に柴垣《しばがき》を廻《めぐ》らし、柴垣に沿って山《やま》萩《はぎ》が植えられていた。

「旦那さま、お戻りなさいまし、お戻りなさいまし」

お戻りなさいまし――お梅とお文が勝手から前土間へ出てきた。

普段の七蔵なら、土間伝いに勝手へ廻り、台所の板敷から上がって居室にいくか、いったん、茶などを喫してひと寛《くつろ》ぎするかだが、お梅が来客を告げた。

「れんたろうさま、と仰るお客さまです。生まれは八丁堀のこの界隈で、旦那さまとは幼馴染《おさななじ》みだと……」

「れんたろう？　桃木《ももぎ》連太郎か」

思わず大きな声になった。七蔵の胸が、じいん、と音をたてた。

「あ、はい。連太郎さまです。客間にご案内しましたら、旦那さまの居室の方へいかれ、若いころここで旦那さまと酒を呑みながら議論を戦わせた、ここで待つと仰られ、居室におられます。虎一《とらいち》のお饅頭をお土産にいただきました。あの、でも、ご様子はお侍さまではありません」

お梅が言い終わる前に、七蔵は前土間から上がって居室への廊下を踏み鳴らしていた。

「れんたろう、連太郎、開けるぞ」

七蔵は童子《こども》のように声を張りあげ、居室の襖を開け放った。

六畳の居室に、行灯がひとつ白く灯っており、明障子を両開きにした中庭の板縁側のそばに、桃木連太郎が端座していた。

連太郎は庭から顔を廻らし、あの優しげな笑みで七蔵を見上げた。

「七蔵……」

「おお、連太郎」

互いに呼び合ったが、胸がいっぱいになって次の言葉が出なかった。

胸苦しいほどの懐かしさが、こみ上げてきた。

連太郎は深い山桃色の着物を着流し、頭は月代《さかやき》を綺麗に剃《そ》った町人風体の銀杏髷だった。そうして、連太郎の膝の上に倫がちょこなんと座り、七蔵を見上げていた。

連太郎の白い手に毛並をなでられ、倫はすっかりなついている。

庭に植えた金木犀の灌木が宵の暗がりに包まれ、連太郎を見守るかのように黒色に沈んでいた。

連太郎は倫を膝からそっと下ろし、七蔵へ膝を向け、手を畳へついた。

七蔵は言葉もなく連太郎の前へ進み、片膝をついて大刀を畳に鳴らした。

「連太郎、手を上げろ。いつ戻った」

七蔵は連太郎の、無駄な肉を削ぎ落とした骨張った肩先をつかんだ。

「今月の初めだ。仕事で江戸へきた」

「仕事？　仕事は何をしている。医者じゃねえのか」

「医者などとっくにやめた。今はしがない行商の旅暮らしさ」

「行商なのか……」

「八州を中心に、陸奥《むつ》、奥羽《おうう》、信濃《しなの》、上方《かみがた》にゆくこともある。ただ、江戸では一度も仕事をしなかった」

「何を商っている」

連太郎はそれにはこたえず、沈黙した。それから手を上げぬまま言った。

「七蔵、すまなかった。おまえには詫《わ》びる言葉がない。おれを許してくれ、としか言えぬ」

七蔵は胸苦しいほどの懐かしさに、目を潤ませた。

「……い、言うな。おまえが詫びる事など、何もねえ。よく戻った。よく生きていて、くれた。おまえには話さなければならねえ事が、山ほどある。けど今は、全部忘れた。おまえと遊んだ子供のころしか、思い出せねえ。顔をちゃんと見せろ」

連太郎はようやく身を起こし、黒羽織の袖の上から七蔵の逞《たく》しい腕を握りかえした。

「逞しくなったな、七蔵。おれが知っている七蔵は、ひょろりとただ背が高いだけの若衆だった。黒羽織がよく似合う、いい町方になった」

「おまえは少しも変わらねえ。昔のままの男前の若先生だ。八丁堀の年ごろの女たちは、みんなおまえに惚《ほ》れていた。あのころの連太郎が帰ってきた」

「やめてくれ。年相応に老いぼれた。江戸を逃げ出してから、足かけ二十二年がすぎた。これまでいっぱい悪さをした。いっぱい間違えた。これからまだ生きていれば、もっと間違いを積み重ねていく。先生などと言われる生き方とは無縁の、ただおのれを恥じる、それだけの一生だ」

「おれとおまえに、世間の恥や自慢になんの値打ちがある。今ここに、間違いなく連太郎がいる。おれにはそれだけで、あり余るほどの意味がある。子供のころからそうだった。連太郎と一緒にいるだけで、おれは十分楽しく、ほかには何もいらなかった」

「そうだった。そうだったな。一日に一度はおまえの顔を見ないと、何かやり残した気分になった。新川の土手蔵の壁に凭れて、大川の河口や佃島《つくだじま》、袖ケ浦《そでがうら》に浮かぶ船をただ眺めているだけで、なあんにもせず、朝から晩まで、ぼんやりとすごしたこともあったな。覚えているか」

「覚えているとも。けど、なんにもしなかったんじゃねえ。おれたちは江戸の海を眺めながら、いっぱい考えていた。お互いちびだった。小さな身体にあふれるほど考えることがあって、収拾がつかなかった。おれたちの胸の中には、明日がいっぱいつまっていた」

　あは、あはは……

　二人の笑い声が部屋に満ちた。七蔵は片膝立ちで連太郎の肩をつかみ、連太郎は七蔵の腕を握った手を放さなかった。まるで掌に入った宝物を、二度と放すまいとするかのようにだ。

　倫が行灯の横にちょこなんと座り、二人の様子をじっとうかがっていた。

「連太郎、おまえはあのとき、おれはやっぱり医者になると言ったんだ。長崎へいって、蘭学を学ぶと言ったんだ。おれは親父とお袋を亡くして、じいさんに育てられていた。無足見習で町奉行所に初出仕する一年前だった。おれは町方の子だから町方になる、江戸一番の町方になると言った。けど言いながら、長崎へいくと言うおまえがまぶしくてな」

「忘れはせぬ。おまえが無足見習で御番所に初出仕したころ、おれは親父に叱られながら、医者の修業を始めていた。医療道具を仕舞った柳行李を肩にかついで、親父について往診にいくとき、今ごろ七蔵は、御番所の中を走り廻っているんだろうな、と考えていたよ」

「おれたちは、童子のころみたいに、毎日は会えなくなった。道で遇っても、それぞれ用があって、やあ、と声をかけるだけでな。おれは長崎にいくおまえに負けないように、江戸一番の町方になるためにはどうしたらいいか考え、ちびのころから道場に通っていた剣術にのめりこんだ」

「そうそう……長崎へいく前だった。八丁堀の萬七蔵の名前が、大人たちの間で噂になっていた。まだ十五の小僧だが、萬七蔵の剣の腕は凄いらしいとな」

「おれも噂を何度も耳にしたよ。桃木診療所の十五の若先生は、すでに大先生に劣らない名医だってな」

部屋はまた、二人の笑い声に包まれた。

そのとき倫が、やれやれ、と言うみたいに小さく鳴いて、縁側から勝手の方へいってしまった。

「あの別嬪さんは、七蔵が飼っていたのか」

「別嬪さん？　ああ、あいつか。そうさ。倫という名だ。生まれは深川で、前の飼い主がわけありで亡くなった。それからうちに住み始めたのさ。気位が高くてな。人には簡単になつかないんだが、連太郎にはなついていたな。珍しいことだ」

「そうなのか。前の飼い主が亡くなってか……綺麗な猫には、わけありというのが似合いそうだ。わけありには、七蔵もからんでいるのか」

「少々な。だが所詮、町方が他人のわけありにかかわり合ったところで、高が知れている。あいつに見つめられると、そんなことはお見通しさ、と言われているような気がするから妙だ」

「別嬪さんなら、言いそうだ」

連太郎が笑い声を、倫の消えた縁側へ投げた。

七蔵は、ふと、連太郎の「別嬪さん」の呼び方に、倫を以前から知っていそうな馴れ馴れしさを覚えた。束の間、連太郎の素ぶりに訝しさを覚えた。

「連太郎、ゆっくりしていけ。今夜は呑もう」

と、連太郎の肩をゆすった。七蔵は廊下へ立ってゆき、

「お梅、酒の支度だ。それから楠《くすのき》屋《や》に仕出しを大急ぎで頼んでくれ。みんなの分もだ。今日は祝いだ。おめえたちも祝ってくれ」

と、勝手の方へ声をかけた。

お梅が亀島町の仕出し料理の楠屋に、仕出し料理を頼んだ。

卵焼き、蒲鉾《かまぼこ》、膾《なます》、尾頭つきの鯛など、煮物、熬物《いりもの》、焼物、天麩羅、香の物

の仕出し料理とお梅が用意した汁の椀を肴《さかな》に、盃《さかずき》を酌み交わした。

七蔵と連太郎は、足かけ二十年以上前の若き日々の思い出に耽った。だがそれは一方で、悔恨と苦渋にまみれ、目をそむけたくなるすぎた日々の古疵に触れずにはすまないことでもあった。

ひとしきり、懐かしい昔話と笑い声がはずんだあと、二人は重く沈黙し、夜の帳がすっかり下りた庭を眺めたのだった。

どちらからもそれを言い出せず、庭のどこかで心地よさげに鳴いている秋の虫の声に耳を澄ましていた。

勝手の方から、樫太郎とお文、お梅の楽しげな笑い声が聞こえていた。倫の鳴き声が、とき折り、三人の声の中にまじった。

「楽しそうだな。女房はいないのか」

連太郎が沈黙を、さり気なく払った。

「若いころにいたが、亡くなった。それからはいねえ」

七蔵は、連太郎と同じくらいさり気なくこたえた。二人は虫の声の聞こえる庭へ向いたままだった。行灯の明かりが、男たちの影を縁側に映していた。

「それからなぜ、女房をもらわなかった。七蔵がその気になれば、誰か世話をしてくれたろうに……」

「その気にならなかった。だから、かな」

「なぜその気にならなかった。倅をほしいと、思わなかったのか」

「妙《たえ》とは五年、暮らした。妙は子をほしがっていたが、生まれなかった。子は天からの授かりものだからな。妙には負い目がある。妙を守るために夫婦《めおと》になったのに、ちゃんと守ってやれなかった。妙が亡くなったとき、女房はもういらねえ、と決めたのさ」

「妙？　おれの妹の妙と一緒になったのか」

七蔵は、連太郎へ眼差しを廻した。徳利をとり、「つごう」と、連太郎の盃へ差した。連太郎は、七蔵がついだ盃にひと口触れて止め、

「清吾郎さんが亡くなったのは、いつだ」

と聞き、盃の続きを音もなく舐めた。

「おれが二十九のとき寝たきりになり、それから半年後、眠るようにな。十歳のとき親父が亡くなって、翌年、お袋が逝《い》った。それからじいさまが親代わりだった。おれを人並に暮らしていけるように育ててくれたんだ」

「清吾郎さんはすぐれた人だった。おれは尊敬していた」

「おまえはどうなんだ。女房や子はいるのか」

「女房も子もいない。失うものは何もないたったひとりの、浮草暮らしだ」

「妙が亡くなり、親父さんやお袋さんが亡くなったのを知っていたのか」

「風の便りで聞いた。これでも、風の便りくらいは届く」

「妹が亡くなり、親が亡くなったと、風の便りが届いたとき、おまえはどうしていた。身内を思って、泣いたのか」

「どうもしやしない。おのれの愚かさに呆れながら、旅を続けていただけさ」

連太郎は呑み乾した盃を膳に戻して、もう酒をつごうとしなかった。

七蔵が徳利を差し出すと、「いや」と、手をかざして制した。

「今夜はもう十分呑んだ。じつは、だいぶ以前から酒は断っているんだ」

と、七蔵に笑いかけた。

七蔵は自分の盃に徳利をかたむけ、再び訊いた。

「行商と言ったな。何を商っている」

「まあ、人の命、だな」

「いのち？」

「薬屋さ。とっくに廃業したが、若いときに学んだ医業の知識を使い、薬の行商を始めた。薬の行商の旅暮らしだ。桃木連太郎の名前も二刀も捨てて、今は薬屋の平一だ」

「薬屋の平一が薬の行商で、江戸へか」

「江戸に新しく客ができた」

庭の方へ向いた連太郎の横顔が、ぽつんと頷いた。虫の鳴き声が、風のように流れ、七蔵と連太郎の顔をなでた。

「宿は、どこにとっている」

「馬喰町の柊屋、という旅人宿だ。だが、七蔵。おれは明日もまだ仕事が残っている。それをすませ、明後日《あさって》朝早くに江戸をたつ。次の仕事が待っている。名残《なごり》はつきないが、ゆっくりとはしていられないのだ」

連太郎の山桃色の着流しの背筋が、すっ、とのび、長い旅暮らしに鍛えられたか、着物の下の強靭《きょうじん》な肉体が推量できた。

いっぱい話すつもりだったのに――と、連太郎は続けた。

「今はもう、話すには残りのときが足りない。若いころ、おれは思っていた。親兄弟、身内でも、いつかは別れなければならず、別れは今に始まった定めでもなく、所詮、人の世はうたかたのごとくとな。だが、旅をしていてわかったことがある。うたかたの親兄弟や身内のために人は泣ける。きっと人の世がうたかただから、親兄弟、身内が恋しくて、せつなくてならないんだってな」

勝手の方から三人の笑い声が、また聞こえてきた。「倫」「りん……」と、お文と樫太郎が呼んで、倫が鳴いている。

「七蔵、妙や親父やお袋のことを、ほんのちょっとでいいから聞かせてくれ。おれは何を失ったのか、教えてくれ」

七蔵はほろ苦い酒を、口に含んだ。

七

「親父は、病に打ちひしがれて苦しんでいる人を、貴賤《きせん》、貧富にかかわらず、その苦悩に寄り添い心をつくし、治療にあたるのが役目だ、と考える医者だった。病人である限り、満足に治療代の払えぬじいさんやばあさんであっても、有力な武家や金持ちと区別しなかった」

と、連太郎はなおも言った。

「違っているのは、金の払えぬじいさんやばあさんからは、治療代をとらず、有力な武家や金持ちからは並はずれた診察代《みたて》をとっていたところだ。長崎へいく前、おれは親父の弟子として医療道具の入った柳行李をかつぎ、お屋敷の往診について廻ったが、親父の求める診察代、治療代の高さに、傍から見ていてはらはらさせられたものだった」

「知っているよ。桃木先生は大先生で、おまえは長崎へいく前からもう若先生と呼ばれていたからな」

七蔵が言うと、連太郎は苦笑を浮かべた。そして、

「大丈夫ですか、とあとで訊くと、さあ、どうかな、と親父は笑っていた」

と、庭へ顔を向けたまま言った。

「ある日、おまえはわたしのやり方を間違いだと思うか、と親父に訊かれた。仕方がないとは思いますが、間違いです、とおれはこたえた。すると親父は、間違いでもやらねばならぬことがある、と言った。なぜやらねばならぬとわかるのですか、とおれは問うた。おのれの心に耳を澄ませば、やらねばならぬか、そうでないかがわかる、心に聞け、と親父は言うのだ」

連太郎の横顔が、唇を結んでしばし考える素ぶりになった。

「おれはさらに、おのれの心に確信はあるのですか、と訊いた。誰の心も、お

のれだけのものだ。だから心は嘘《うそ》をつく謂《いわ》れがない。病人への憐れみの心は嘘ではない。人を愛おしむ心も嘘ではない。世の人の役にたちたいと望む心も嘘ではない。そういう心に耳を澄ますのが医者の性根だ、と親父は言った」

「そう言えばおれが子供のころ、おのれの心に耳を澄ませと、じいさまも刀を研《と》ぎながら言っていたな」

「ああ、清吾郎さんも、そういうことを言いそうな人だった」

　連太郎が言い、七蔵は心の中に、ほろ苦さではなく懐かしさがこみ上げるのを感じながら、酒を口に含んだ。

「そんな理屈を言う医者だったから、桃木診療所はいつも患者であふれていたのに、いつも貧乏だった。おれを長崎へ遊学させるため、親父は大きな借金を背負わねばならなかった。だがおれは、そんな貧乏医者である親父が、じつは自慢だったのだ。親父以上の心の声を聞ける医者になるつもりで、親父の苦労も知らず、おれは長崎へいったのだ」

「おれが同心の見習からやっと本勤並《ほんきんなみ》に採用されたばかりのとき、おまえが長崎から八丁堀へ帰ってきた」

「十八のとき、長崎から戻った。もう親父の下で修業をする弟子ではない、柳行李をかついで親父のあとをついて廻る弟子ではないと、おれはいい気になった。おれもおまえも、夢を見ていられる童子ではなく、世間の実事と向き合わねばならぬ歳になっていた」

七蔵、呑め——と、連太郎が七蔵の盃に酌をした。そうして、徳利を持ったまま言った。

「長崎から帰り、世間の実事と向き合うことになって初めてわかった。桃木診療所は借金まみれだということがな。家計は火の車で、その火に油をそそいだのがおれの長崎遊学だった。なんとかせねば、という一心だった。診療代の払えぬ貧乏人は親父が診て、おれは金持ちばかりを相手にする医者になった。心の声を聞くどころではなかった」

「けど、桃木診療所の若先生は、長崎帰りの俊英とみながもてはやした。神さまの腕を持つ若先生が、長崎から帰ってきたとな」

連太郎は徳利を膳に戻し、考えこむように額へ指先をあてた。

「妙を新川の下り塩仲買の清水屋《しみず》の跡とりに嫁入りさせたのは、おれの考えだった。大店の清水屋の豊かさに目がくらんだ。借金が減らせる、と目論《もくろ》んだ。妙はな、清水屋への嫁入りに乗り気ではなかった。桃木家の貧乏暮らしから、大店・清水屋の女房になって豊かな暮らしができるのに、乗り気ではなかったのだ。七蔵、なぜだか知っていたか」

「いや……」

七蔵はぽつりとこたえたが、目が潤むのを抑えられなかった。

「たぶん妙は、おれもおまえも妙自身も口にしなかったが、萬七蔵の女房になるもんだと思っていた。妙が童女のころから、そうなるもんだと、思っていたのさ。おれと七蔵が遊びに出かけると、ちびの妙が追いかけてきて離れなかったな。おれが、帰れと叱っても妙は帰らず、おれたちについてきた。よくそんなことがあった。覚えているか」

むろん、忘れたことなどない。妙は、七蔵と連太郎においていかれないように、懸命に走ってついてきた。七蔵と連太郎は妙が可哀想に思え、仕方なく妙が追いつくのを待ってやり、三人で一緒に遊んだ。

「あのころから妙は、大きくなったら、七蔵の女房になると思っていたんだ」

しかし七蔵は沈黙を守った。何かを言えば、堪えているせつなさがあふれそうだったからだ。

「おれは妙の気持ちを知らないふりをした。こんな恵まれた嫁ぎ先はない、清水屋に嫁いで、桃木診療所を救ってくれ、親父とお袋に楽をさせてやってくれと、妙を説いた。妙は、わかったわ、兄さん、と言った。だがおれは、妙がひとりになって泣いていたのを知っている。おれはそれにも、気づかぬふりをした。賢くふる舞わねば、と思った」

連太郎は、重たげなひと息をついた。

「今にして思えば、妙が清水屋へ嫁入りし、桃木診療所が儲《もう》かり始めたのと反対に、おれは心に耳を澄ませる医者の性根を失っていった。貧乏でも自慢に思っていた親父みたいな医者とは、あべこべの医者になり始めていた。だから、相変わらず貧乏医者で何が悪いという親父と、よく言い争いになった」

「妙が清水屋に嫁いでから、おれとも疎遠になった」

「ほとんど毎日、八丁堀のみならず、新川、京橋、日本橋の大店の旦那方に招かれ、桃木診療所の若先生ともてはやされ、供応を受けていたのだ。一方親父は、暗くなるまで、診療代も払えないじいさんやばあさんの診察をやっていたというのにな」

「夜更けにうちの近所で急病人が出て、大先生が、急いで駆けつけてくれたのをおれは知っているよ。町内の誰もが、桃木の大先生と、敬《うやま》っていた。寝たきりになったじいさまが亡くなるとき、最後に脈をとってくれたのも、桃木の大先生だった」

「忘れもしない。尾張《おわり》町の呉服問屋・岩津屋《いわつや》のお峰《みね》という若い女房だった。風邪をひいた幼い倅の往診に出かけ、お峰のこぼれる色香と媚《こ》びた仕種におれは自分を見失った。亭主は上方へ商談の旅に出ていて、お峰ひとりだった。倅の風邪はすぐ治まったのに、お峰が何やかやと言ってきて、おれは倅の往診と称して岩津屋へのこのこと出かけていったんだ」

「おまえと岩津屋のお峰の噂は、耳に入っていた。以前の連太郎なら、引っ叩いて目を覚まさせ、と止めたろうが、新米の町方風情が、桃木の若先生にもうそんなことはできなかった」

「七蔵、馬鹿な医者をなおす薬はない。幼馴染みのおまえに引っ叩かれても、目は覚めなかったろう。だから天罰がくだされたのさ。おれは舞い上がり、お峰にも憎からず思う風情が見え、懇《ねんご》ろになるのに長いときはかからなかった。岩津屋の使用人らが、おれとお峰の仲にすぐ気づいた。それから、おまえの聞いたとおりの噂がたちまち広まった」

連太郎が七蔵の盃に、酒をついだ。

「親父が噂を聞きつけたときは、おれとお峰はどうしようもないぬかるみにはまっていた。親父は激怒した。それでも医者か。町医者はしていても、桃木家は侍の家だ。腹をきって詫びよ、となじられた。おれは黙っていたが、内心では、貧乏医者のくせに何が侍の家だ、診療所を支えているのはおれではないか、と思っていた。おれがいなくなれば、困るのは親父ではないか、親父の大好きな治療代も払えぬじいさんやばあさんではないか、とな」

七蔵は連太郎がついだ酒を呑み乾した。

「亭主が上方から戻り、女房の不貞に激怒し奉行所へ訴えた。覚悟はしていたことだが、間男《まおとこ》代の七両二分ではすまなかった。だが、どうにかなるのではないか、と心の隅で高をくくっていた。まったく、馬鹿な医者をなおす薬はない」

と、連太郎は繰りかえした。

「七蔵、この世はどうにかなるものさ。どうにもならなくなるまでは、だがな。どうにもならなくなって、おれとお峰は駆け落ちをした。手に手をとって誰にも別れを告げずに、と言いたいところだが、本当はそんなもんじゃなかった。首を打たれるのを恐れて、ただただ、慌てふためいて逃げたのさ」

「奉行所に岩津屋の亭主が、おまえと女房を訴えたのは知っていた。おれはあの折り、桃木診療所の連太郎は病人のために務めてきた医者だから、何とぞ寛大なお裁きを御奉行さまにお願いしてほしいと、組頭に頼んでいたんだ。けど、おまえが駆け落ちしたとわかったとき、内心、ほっとした。おれみたいな下っ端の町方が頼んでも、どうしようもなかった」

七蔵は自分の盃に酒を満たし、連太郎の膳の盃にもそそいだ。連太郎はそれを拒まず、黙って見つめていた。

「連太郎、あのときおれたちは二十一歳だった。二十一歳の男なら、どこだろうと生きられるのではないか、生きてさえいれば、と思っていた。おまえは生きて、ここにいる。江戸を去ってから、どうしたのだ」

「道を誤り、世間にそむいて逃げる、ということがいかに苦しいか、思い知ったときはもう手遅れさ。貧乏医者の暮らしがいかに幸せだったかと気づいて、おれは胸をかきむしられた。手持ちの金は一月《ひとつき》もたたずになくなり、あとは地獄さ。街道すら、まともに歩けなかった。物乞い同然に放浪して、山門の軒下や御堂の中で雨露をしのぎ、百姓家の畑の物を盗って飢えを堪えた」

「お峰と、二人でだな」

「お峰は後悔に苛《さいな》まれ、後悔はおれへの憎しみに変わった。おれが迷った色香は失せ、醜い獣《けもの》の形相になっておれを罵り、罵倒《ばとう》し、嫌悪し、道端で殴る蹴るの喧嘩《けんか》もやった。挙句の果てにはどうしようもなさに、泣き叫んでのた打ち廻り、それでもどうしようもない」

連太郎は虫の声が聞こえる庭へ目をそそいだまま、束の間、沈黙した。

「だが、お峰との放浪はそれから二月《ふた》ほどで、あっさり終わったよ。上総《かずさ》のある村はずれで旅芸人の男といき合って、一膳の粥《かゆ》のためにお峰はその男に身体を投げ出した。ああ、そういう手があったかと思ったら、お峰は最後に蔑《さげす》みの目でおれを睨んで、旅芸人とぷいといってしまったんだ」

「……それきりか」

「それきりだ。生きているのか死んだのかも、知らん。おれは呆然《ぼうぜん》とした。つらくてではないぞ。駆け落ちしてわずか三月《み》ばかりの間に起こった何もかもが、夢の出来事のように思え、これは本当は起こっていることではない、という気がしてならなかったからだ」

勝手の方からお文と樫太郎の笑い声が聞こえ、お梅がそれをたしなめた。連太郎は、七蔵へ真顔を向けて言った。

「そうか、おれは夢を見ているのだ、とそう思うとなぜか清々した。おれは頭がおかしくなっていた。今にして思えば、頭がおかしくなっていたから、命も絶たず生き長らえたのだ。桃木先生、若先生、とちやほやされていたそれまでの自分が笑えた。いつかお上に捕えられ、首を刎《は》ねられるまで生きていければ十分だと思えてきて、急に身軽になった感じさえした……」

連太郎はそこで膳の盃をとり、ひと息にあおった。そうしてまた、暗い庭へ目を投げた。

「七蔵、もうあんまりときがない。親父やお袋や、妹のことを、ちょっとだけ聞かせてくれ。親父とお袋と妙には、とんだ苦労をかけた。みんな、いなくなった。おれのせいだ。ずいぶん、みんなを怒らせた。七蔵、おまえも怒っているだろう。馬鹿な男だと」

「今夜はうちに泊まったらどうだ。宿へは明日の朝、帰ればいい」

「いや。いろいろ仕事の段どりがある。それより七蔵、聞かせてくれ」

背筋をのばした連太郎の横顔が、石像のように動かなかった。

ふむ――と、七蔵はこたえた。そうして、

「大先生は、おまえのことを怒っちゃいなかったぜ」

と、同じ暗闇を見つめてこたえた。

「おまえとお峰が駆け落ちしたとすぐに知れ渡って、町内は大騒ぎになった。不届きなふる舞いをした倅のせいで、桃木大先生にとんでもないお咎《とが》めがくだされる畏れがあるとか、桃木診療所はとり潰されるのではないかとな」

「おれもそれが心配でならなかった。おれは自業自得だが、親父は本物の医者だ。桃木診療所をとり上げられたら、親父は生きていないだろうと思った。親父が生きていなかったら、お袋はどうなる。とりかえしのつかないことをしでかした自分を罵り、叫ぶしかなかったが」

「診療所のあった亀澤《かめざわ》町の町役人が、岩津屋が訴え出た南御番所に、桃木先生は立派なお医者さまです、町内のみなの総意でございます、寛大なご処置をと嘆願書を出した。南北の御番所の同心らの間にもそんな動きが起こってな。何しろ、八丁堀の者は町方も町民も大先生には世話になっている。大先生がいなくなっちゃあ、みなが困る。大先生の仁徳は損なわれねえ、とな」

「倅は不届き者でも、か……」

「桃木先生にお咎めはなく、診療所もこれまでどおり続けてよいということになった。けど、収まらねえのは岩津屋さ。二十一の若造に女房を奪われ、桃木診療所をこのままにしておけるか、と商人仲間やあちこちの町内におまえと大先生の悪口を触れ廻った。そのため、診療所は金持ちの患者が急に減り、貧乏人相手に細々と開業するありさまになった。大先生は、昔の診療所に戻っただけだ、という素ぶりだったがな」

「そうか。岩津屋が憤慨するのは無理もない。親父には診察代をふっかけられる金持ちの病人が、いなくなったのだな」

「そういうことだ。だが、それはまだいい。大先生はすぐれた医者だ。それを知っている患者は、くるさ。儲からなくても、やっていけなくはない。可哀想なのは妙だ。おまえのことがあって、清水屋から離縁された」

酒を断ったと言っていた連太郎が、自分で酒をつぎ盃を勢いよくあおった。

「妙は十八だった。清水屋を離縁になってから、桃木の実家に戻り、また大先生の手伝いを始めた。化粧っ気もなく、けなげに明るくな。若先生はあんなことになってしまったが、妙が戻った、けど、と評判がたったくらいだ」

「元々、妙は女ながらに医者の素養があった。おれが長崎へいっている間に親父の元で修業をつみ、十五歳で病人の診察がずいぶんできるようになっていたので、驚いた」

「そうだった。それに妙は優しかったからな。妙の優しさに病人がどれほど救われたか。若い女らは、大先生じゃ恥ずかしいからと、妙の診察を望んだくらいだ。だが、おれは妙と会っていたわけではないぞ。おまえがいないのに、診療所にいく口実《こうじつ》がなかったからな。ただ、妙の噂や評判を聞いて、ずっと気にしていただけだ。連太郎の妹として……」

それから、どうなった——と、連太郎は先を促した。

「ある日、そう、妙が実家に戻って二年ばかりがたったころだった。茅場《かやば》町の山王《さんのう》社の境内で、偶然、妙に遇った」

と、七蔵は話し始めた。

「おれと妙は、子供みたいな笑顔を交わした。七蔵さん、と呼びかけられ、童女のころの妙が思い出されてな。おれは、妙、元気だったか、と昔の餓鬼の気分で偉そうにふる舞った。診療所のほうはどうだい、大先生は変わらずかい、と聞いたら、はい、なんとかやっています、父も元気です、七蔵さん、しばらく見ぬ間に立派になられましたね、と言うんだ」

連太郎の横顔がわずかにゆるんだ。

「お役人の黒羽織がとてもお似合いです、と可愛らしく微笑んでな。おれは、そうかい、と素っ気なくこたえながら、内心どきどきした。せつなくて、胸がいっぱいになった。その日は、ずっと妙のことばかり考えてすごしたよ。仕事が手につかず、家に戻っても飯が喉を通らなかった」

「そうか。水が流れるように、ときは流れていくのだな。おれが水の流れを無理やり遮《さえぎ》ったのだな……」

「連太郎、自分を責めるな。知ったふうなことを言うようだが、この世は一寸先ですら何が起こるかわからない。山王社で妙と遇うまでは、妙は連太郎の妹としか考えていなかった。だから、山王社で遇ったとき、自分の心にいったい何が兆《きざ》したのか、ちゃんと気づいていなかった。ところが、自分でも気づいていないおれの様子に気づいたのは、じいさまだった。亀の甲より年の劫《こう》だぜ」

　七蔵は、祖父との日々を思い出しながら呟いた。

「七蔵、好いた女がいるのか、とじいさまにいきなり訊かれて、おれは上手くこたえられなかった。おまえはもう二十三だ、そろそろ嫁をもらって子供のひとり、二人が生まれていい歳だ、どこの女だ、好いた女がいるならけっこうだ、話をしてみようと言われ、おれはつい、妙です、とこたえた。すると、じいさまは目を丸くしておれを見つめた。桃木先生のところの妙か、と聞きなおすんだ」

　連太郎が自分で酒をついで、盃を持ち上げる仕種が、七蔵の視界の端で見えた。肩が、かすかに震えていた。

「おれは、そうだ、とこたえると、じいさまは、よし、わかった、と言った。で、次の日の夕刻、おれが奉行所の勤めから戻ると、妙がうちの台所仕事をしているので驚いた。妙がな、お戻りなさいませ、と何年も前からおれの女房だったみたいに言って、おれは馬鹿みてえに、ああ、としかこたえられなかった」

　連太郎が、盃をそっと口元へ運ぶのが見えた。

「じいさまに、どういうことですか、と質《ただ》すと、こう言うんだ。昼間、桃木先生の診療所へいき、妙をうちの嫁にくれと言った。桃木先生が、うちの馬鹿息子の幼馴染みの七蔵の嫁にかと訊くから、そうだとこたえた。そしたら、どうせ流行《はや》らん診療所だ、妙がいなくなっても手伝いぐらいどうにかなる、嫁にほしくば連れていけ、と言うから連れて帰ってきた、とだ」

　七蔵はじいさまの言いぐさを思い出して、笑った。

「妙を嫁にしてささやかな祝言をしたとき、桃木家と萬の家が親戚だと、じいさまから聞いて、それにも驚かされた。おれがどうして隠していたんだと問い質したら、隠してはいない、知っていると思っていた。親戚と言っても遠い親戚だし、同じ八丁堀の近所づき合いをしているのだから、どちらでもいいではないかと言うから、まったく呆れたぜ」

連太郎は、「おれも知らなかった」と苦笑いをもらした。

「それから、妙が亡くなるまでのおよそ五年が、一番幸せなときだったかもしれねえ。おれと妙だけではなく、うちのじいさまや桃木先生やお袋さんにとってもな。おまえのことで苦しんだ分、おれは妙を守り、幸せにしてやりたかった。子供のころ、妙がおれたちに追いつくため懸命に駆けてくるのを待っているときみたいな、愛おしい気持ちだった」

「すまん……」

「おまえが謝って、なんになる。亡くなる前の年の暮れだった。妙な風邪が大流行した。年が明けて春になっても収まらず、桃木診療所にも病人が押しかけた。普段なら、桃木先生と若い弟子とお袋さんで十分対応できたが、そのときは手が廻らなかった。妙が手伝いにいった。妙は病気ひとつしたことがなかった。それがかえってよくなかった。具合が悪くなっても無理をした」

連太郎の肩が、まだ震えていた。

「おれもまさかいつも元気な妙が、と思ったよ。大先生は病人に追われて、妙の様子に気づかなかった。妙が倒れてから、いかん、とわかって安静にさせたが、そのときにはもう、先生でさえ手の打ちようがなかった」

「妙は、苦しんだのか」

「亡くなるまでの十日の間、高熱を出してうなされ続けた。それでも高熱にうなされる中で、妙がおれに言ってな。七蔵さん、子供を産めなくてごめんね、となな。おれがな、これから産めるさ、五人はほしいな、と言ったら、うんうん、と頷くんだ」

「おれのせいだ……」

連太郎が声を忍ばせた。

「それから、妙はこうも言ったんだぜ。七蔵さん、兄さんが帰ってきたら、許してあげてね、と。あたり前だ、妙と三人で遊んだ幼馴染みだぜ、と言ったら嬉しそうに笑っていた……倒れてから、十日ばかりの夜明け前だった。呆気《あっけ》ない、あっという間の出来事だった」

七蔵は、それ以上はもう言えなくなった。

二人は、深い沈黙に捉《とら》えられた。

更けゆく夜の庭に、虫の鳴き声が絶え間なく続いていた。勝手の方から、お梅とお文が片づけにとりかかっている物音や話し声がした。

ふと、虫の声にまじって、くすくす笑いのような、気だるい吐息のようなかすれ声が聞こえてきた。

けれどもそれは、くすくす笑いでも気だるい吐息でもなく、寂しげな虫の声にまぎれて、連太郎が忍び泣いているのだと、七蔵にはわかった。

七蔵は沈黙を守った。沈黙の中で、おれは妙を守ってやれなかった、と胸が痛んだ。妙の思い出は、苦しいほどの愛おしさと守ってやれなかった負い目とが一緒に、今も七蔵の腹の底に残っていた。

「妙の位牌《いはい》は、親父やお袋や、じいさまの位牌と一緒に祀《まつ》ってある。線香を上げていってやれ」

沈黙のあと、連太郎が訊いた。

「親父とお袋は、どうなった」

「妙が亡くなって、一番苦しんだのは、桃木先生とお袋さんだったろう。見ていられないくらい悲しんでいた。それでも大先生は、診療所を止《や》めなかった。

先生を頼りにする病人がいる限りな。さっきも言ったが、じいさまの最期の脈をとってくれたのは大先生だった。あのころから先生はひどく弱って、つらそうだった。それでも診療所を止めなかったのは……」

七蔵はひと息、間をおいた。

「桃木診療所を頼りにする病人のためばかりではなく、万一、万々一倅が戻ってきたとき、倅が桃木診療所を続けられるように、懸命に守っていたんじゃないかな。先生は何も言わなかったが、おれにはそんな気がしてならない」

「頑固な親父を貫きとおして、だな」

「頑固な親父と、すぐれた医者を貫きとおした。先生が亡くなって十年になる。お袋さんがあとを追ったのは、それから一年半ほどしてからだ。先生もお袋さんも、苦しむことなく、静かな、安らかな最期だった。倅のおまえがいないから、お袋さんの葬式はおれが出させてもらった。妙はおれの女房だったし、桃木家とうちは、遠い親戚だからな。先生のときもお袋さんのときも、大勢の人がつめかけた。桃木夫婦の人柄を偲《しの》ばせる、葬式だった」

「七蔵、世話になった。せめて、幼馴染みのおまえがいてくれたお陰で、親父もお袋も、妙も救われた」

「どうだかな」

そこへ倫が、勝手の方から縁側伝いに、つつ……と戻ってきた。

倫は行灯の薄明かりが差す縁側に束の間佇み、七蔵と連太郎を見比べた。どちらへいこうか、と考えているみたいだった。それからためらいなく、連太郎の膝へ、ふわり、と飛び乗った。

連太郎が膝に乗った倫の白い毛並をなで、「別嬪さん」と呼びかけると、倫が寛いだ艶めいた声で返事をした。

七蔵は連太郎の様子を見据えた。色白だがわずかに日に焼けて、しゃんとのばした背筋や倫の毛並をなでる大きな手や節くれだった指には、逞しい男の風貌が刻まれていた。

そうか……

連太郎が昔のままの男前の若先生でないことに、七蔵はそのとき気づいた。

第三章　始末人

一

「旦那、だんな……」

翌朝、《よし床》の嘉助が亀島町裏の組屋敷へ駆けこんできた。ちょうど七蔵は、出かける支度をしているところだった。

「おお、親分。早速、何かわかったかい」

七蔵が身支度をして居室から勝手へ顔を出すと、嘉助が土間に立ったまま、お梅の渡した湯呑の白湯《さゆ》を呑んでいるところだった。

「ありがとうよ、お梅さん。慌ててきたんで、喉が渇いた」

嘉助は懐から出した手拭で汗をぬぐい、「旦那、お知らせがありやす」と、板敷の七蔵へ向いて人心地がついた様子で言った。

土間にはお梅と共に朝の片づけをしているお文、七蔵の支度がすむのを待っている樫太郎、そして囲炉裏《いろり》のそばにぽつんと座っている倫がいた。

倫が七蔵を見上げて、退屈そうに鳴いた。

「親分、上がれ」

「いいえ、ここで。長くはかかりやせん」

そう言って嘉助が板敷の上がり端《はな》に手をおき、小声で話すために身をかがめると、樫太郎も嘉助に並んで身をかがめた。

七蔵は板敷の上がり端に端座した。その膝へ、倫が甘えかかるみたいに飛び乗ったので、嘉助が笑った。

「倫、おめえも旦那の手先を務めるかい」

「親分、話してくれ」

倫を膝に乗せたまま、七蔵は言った。

「佐賀町に、浅吉という男がおりやす。向両国の元町の船宿で、船頭稼業を生業にしておりやす。博奕好き、酒好きの、あまり評判のよくねえ男のようでやすが、その浅吉の土左衛門《どざえもん》が、昨日の朝、佃島と深川新地の間あたりに浮かんでいるのが見つかったそうでやす」

「殺されたのか」

「どうやらそのようで。聞きつけた下っ引の話では、一昨日の夜更け、何人かの男らの足音がして、浅吉が裏店へ戻ってきた。ひそひそ声や、浅吉、と呼ぶ声を聞いた長屋の住人がおりやす。すぐに男らが出ていく足音が続いて、それから静かになったそうでやす」

「一昨日の夜更け？　一昨日は、富ヶ岡八幡宮の祭礼があって、真っ昼間、角丸が妾のお久木の裏店で殺された日じゃねえか」

その角丸と浅吉でやすが――と、嘉助は頷いて続けた。

「深川寺町の胴とり・貞六が仕きる賭場の博奕仲間でやす。て言うか、ただ賭場で知り合っただけかもしれやせんが、角丸が妾のお久木のところからの戻り、夜更けになると、屋敷に近い濱町の河岸場まで、浅吉に船を頼んでいることがよくあったそうでやす」

「ほお。浅吉は角丸と顔見知りだった、あるいはそれ以上の仲だったのかもしれねえのか」

「つまり、賭場の顔見知りの二人が、たぶん同じ日に殺《や》られやした。浅吉と一緒にいた男らの素性は今のところつかめやせんが、ともかく、こいつは旦那にお知らせしなきゃあ、と」

「親分、樫太郎、これから佐賀町へいく」

「へいっ」

七蔵は倫を抱き上げた。

「お文、倫をちゃんと見ているんだぜ。こいつはまた、ふらっ、とどこかへ迷いこんじまいそうだ」

「はい……」

お文が心配顔でこたえた。

「倫、お文のところへ、いってな」

七蔵は倫を板敷へ下ろした。


佃島の漁師が仕掛けたいな漁の四ツ手網にかかった亡骸は、町方の調べによって佐賀町の船頭・浅吉と知れ、調べがすんだあと、佐賀町の裏店に運ばれた。

浅吉の生国は相模原《さがみはら》らしかったが、女房も身寄りもなく、仮人別すらなかったため、家主の三右衛門《みつえもん》が裏店で簡単な弔《とむら》いをし、昨日のうちに深川寺町の寺に葬った。

「浅吉の亡骸が運ばれてきたのは、朝の五ツ（午前八時）前でございました。

掛の町方のお役人さまから、今お訊ねの一昨日の夜の様子のお調べがひととおりあって、そのあとわたしが仕きって葬ってやったんでございます。あんな男でも店子《たなこ》でございますから、放ってもおけませんもので」

と、家主の三右衛門は眉間に皺を寄せて言った。

三右衛門店は狭いどぶ板路地に、九尺二間《くしやくにけん》の割長屋が二棟向き合った粗末な裏店だった。住人は貧しい棒手振《ぼてふ》りや、手間どりの職人らである。

浅吉は、近所づき合いのいい男ではなかった。本所元町の船宿の船頭に雇われている稼業は知っているけれど、仕事熱心ではなく、酒と博奕に明け暮れている、そんな与太《よた》な男と近所では見られていた。

「賭場に入りびたっているみたいでしたし、人相の悪い人らがきて、喧嘩腰に言い合っていたりしていたこともありました」

「そうそう。変なことに巻きこまれたらいやだから、あたしら、浅吉さんとはかかわらないようにしていたんですよ」

と、おかみさんらは口々に言った。

一昨日の夜のことは、浅吉の隣のおかみさんがこう言った。

「人数は見てはおりません。けど、足音の感じでは、五、六人だったたんじゃあないですか。夜更けでしたから、ひそひそ声で。中に、浅吉って呼ぶ声が聞こえ、浅吉さんが小声で何か言っていましたけど、何をやりとりしていたのか、聞きとれませんでした」

「いいえ、仲がよさげな様子じゃありません。笑い声も聞こえなかったし、男の人らの言葉つきも、柄がよさそうじゃありませんでしたし。浅吉さんの店にいたのは、ちょっとだけです。すぐに引き上げる気配がして、店が急に静かになったんです。浅吉さんは寝ちまったんだろうな、とそのときは思っただけです。あんまり気にもしていませんでしたし……」

「あたしも聞きましたが、浅吉さんは男の人らと一緒にまた出かけたみたいな様子でした。どうせ博奕か、女郎屋にでもしけこむんだろうな、ぐらいにしか思いませんでした。朝起きて井戸端へいったら、浅吉さんの店は板戸も閉めずに障子戸だけで、留守みたいでしたから、ああ、夕べはあれから戻っちゃいなかったんだなって」

　と、それは別のおかみさんがこたえた。

　また、家主の三右衛門もこう言った。

「お調べのお役人さまが、殺しだと仰ったわけではございません。ですが、与太な男でも船頭でございます。船頭が水に溺《おぼ》れて仏さんになったわけでございますからね。これは変だ、わけありだと、考えるほうが筋がとおっております。

酒に酔っ払って足をすべらせ、大川へ落ち佃島の先まで流された、と考えられなくはございません。ところが、浅吉の亡骸は土左衛門になっておりましたが、ひどく痛めつけられ、無残な跡が、顔や身体に残っておったんでございます。これは溺れ死にする前に相当乱暴され、痛めつけられ弱ったあと、大川へ沈められたんだなと、お役人さまでなくとも察しがつきます」

どうせ、そんなとこだろう……

七蔵は思いながら、頭の中にもやっとした疑念が渦巻くのを感じた。

勘定方の役人と、船頭か——と七蔵は呟いた。

「手を下したのは、一昨日の夜、浅吉と一緒にいた男らに違いございません。なあ、おまえたちもそう思うだろう。

おそらく、金がらみでございましょう。浅吉は貧乏なくせに、金遣いの少々だらしない男でございましたから、恨みを買ったとか、落とし前をつけさせられたとか。掛のお役人さまは、一昨日の夜の男らが浅吉殺しの一味と目星をつけ、行方を追っていらっしゃるはずでございます」

三右衛門店の住人らの話からは、角丸殺しと浅吉が土左衛門で見つかった一件とのかかわりは、まったくうかがえなかった。たまたま、同じ一昨日の昼間と夜更けに、起こったという以外には。

三右衛門店から、七蔵と嘉助、樫太郎の三人は佐賀町の横町を、大川の濱通りへとっていた。深川の通りに朝の瑞々しい日が降って、今日も残暑が厳しくなりそうな秋の朝だった。

「親分、歩きながら話すぜ」

と、七蔵は横町を歩みつつ、従う嘉助へ横顔を向けた。

嘉助は「へい」と、七蔵の傍らへ身を寄せた。

「昨日、あれから話を訊いた矢七郎店のお久木は、角丸にはだいぶ借金があったらしい、という口ぶりだった。今のおかみさんや家主らの話では、浅吉も借金がありそうな様子だったな」

「浅吉には借金があったのは、間違いねえでしょう。一昨日の夜更け、借金のとりたてにきたやつらとごたごたが起こって、浅吉は痛い目に遭わされたうえに大川へ放りこまれた、と」

「痛めつけられて弱っていたから、大川に放りこまれた船頭が土左衛門になったとしたら、相当弱っていたんだろうな。ところで、さっきの話の貞六の賭場は、深川寺町だったな」

「寺町の海福寺《かいふくじ》で、昼間から毎日、開かれておりやす」

「角丸と浅吉は、貞六の賭場の顔見知りだった。賭場の顔見知りは幾らでもいるだろう。角丸と浅吉が特段に親密だったかどうかは、わからねえ。ただ、親分の手下《てか》が聞きつけてきた、角丸が夜更けの帰宅に濱町まで浅吉に船頭を頼んでいたという話が間違いなけりゃあ、賭場の顔見知りだけじゃなく、船頭と馴染みの客ぐらいの親密さは、角丸と浅吉にはあったかもしれねえわけだな」

「たぶん、そうでしょうね」

「同じ賭場で遊び、船頭と馴染みの客でもあった角丸と浅吉には、同じ誰かに借金があったかもしれねえ。仮に、その借金のごたごたで、二人が始末されたとしよう。それも同じ日の昼間と夜更けにだ。仮に推量した場合、親分は、角丸と浅吉を始末したのは、同じやつだと思うかい」

嘉助はしばらく考えていた。それから、

「決めてかかるわけにはいきやせんが、引っかかることが二、三ありやす」

と、七蔵に並びかけて言った。

「親分、どんな気がかりでもいい。言ってくれ」

「金貸しは、金を借りるやつがどんなにろくでなしであろうと、客は客でやすから、よっぽどの事情がない限り、客をそう簡単には始末しやせん。そんなことをしていたら、てめえの客がいなくなっちまう。仮に、借金をかえすかえさねえのごたごたが始末した口実なら、そいつは金貸しが本業じゃねえような気がしやす。なんだか、やり方が素人臭え」

「だが、角丸を始末したのは間違いなく玄人だ」

「ええ、ええ。どういうやつか、今のところ尻尾はつかめておりやせんが、旦那のお話じゃあ、それも凄腕の玄人に違いねえ。引っかかると言いやすのは、金がらみのごたごたが口実だったとしても、借りた金をかえすかえさねえの程度のことでは、そんな凄腕の始末人を雇うとは思えねえんです。少なくとも、本業の金貸しなら、そんなことはやりやせん」

七蔵たちは佐賀町の横町から濱通りへ入った。このへん一帯は深川漁師町で、中の橋まで中佐賀町、上の橋までが上佐賀町になる。

「もうちょっといこう」

と、七蔵は嘉助と樫太郎を促し、濱通りを北へ折れた。

通りの両側に、鰯〆粕油《いわしめかすあぶら》問屋、明樽《あきだる》問屋、味噌問屋、書物問屋、菓子処、御膳生蕎麦《きそば》、江戸前うなぎなどの店が、賑やかな朝の商いを始めている。

人通りの中を荷車が騒々しくゆきすぎ、托鉢《たくはつ》の僧侶の一団の姿も見える。

親分、続きを聞かせてくれ――と、七蔵は人通りの中、袖をなびかせながら言った。

「へえ。つまり、そんな凄腕の始末人を、金貸しじゃなくて素人の誰かが雇うとしたら、金がらみのごたごた以外に、別の事情があるんじゃねえかと思えることがひとつ……」

ふむ、と七蔵は頷いた。

「それに引きかえ、浅吉の始末は、荒っぽくて粗雑だ。端金《はしたがね》で雇われた破落戸《ごろつき》、無頼漢、そこらへんのやくざがやりそうな手口で、角丸の始末とは天地ほどの開きがありやす。どう見ても、浅吉は小金の借金がかえせなくて、落とし前をつけられたみてえでやす」

「ということは、角丸殺しと浅吉が土左衛門になって浮いていたのは、殺された事情も手を下したやつも、別々だとみるんだな」

「とみえるんでやすが、じゃあ、二人はなんで同じ日に始末されたんだろう、二人はなんで貞六の賭場で顔見知りだったんだろう、なんで二人は帰り船の船頭と客だったんだろうと、引っかかりやす。殺された事情と手を下したやつが別々として、たまたま同じ日に始末され、たまたま同じ賭場の顔見知りで、たまたま船頭と客だった。たまたまが重なりすぎる……」

「確かに妙だな。ほかには？」

三人は上佐賀町をすぎ、上の橋を渡って大川端の通りを、小名木川に架かる万年橋へ向かっていた。万年橋からさらに北へとれば、新大橋である。

朝の川風が、ひやりとして心地よかった。大川の川端には、川漁師の船が杭《くい》につながれ幾艘も舫り、網が干してある。

「角丸は腐れ役人かもしれねえが、勘定方の役人でやす。九尺二間の裏店住まいの与太な船頭とじゃあ比べ物にならねえし、二人が同じ借金のごたごたというのが腑《ふ》に落ちやせん」

「どういうことだ？」

「第一、金を貸すほうも、角丸と浅吉じゃあ区別しないわけがねえ。仮に、角丸に十両を貸しても、浅吉ならせいぜい数百文がいいとこでしょう。十両の借金のごたごたで角丸が始末されるのはわからなくはねえが、数百文の浅吉なんぞ始末する値打ちもねえ。そうじゃありやせんかね」

「角丸のほうは始末する何か別の事情があって、玄人の始末人が雇われた。一方浅吉は、無頼漢や破落戸に金がらみで痛めつけられ、土左衛門になった。二つにかかわりはなく、口実もやったやつも別々だと、そこにいきつくな」

「でやすから、たまたまの重なる妙な加減が、よけい引っかかるわけで……」

七蔵と嘉助は、怪しげに眼差しを交わし、心地よい川風の中で笑い声をはじけさせた。しかし、嘉助はすぐに表情を引き締め、なおも続けた。

「じつは、手下から浅吉の一件を知らされたとき、なんで角丸と浅吉なんだ、とちょいと不審でやした。土左衛門で見つかっていなけりゃあ、浅吉のことなんざあ、わざわざ旦那にお知らせしやせん。浅吉程度の知り合いなら、角丸の知り合いは貞六の賭場にほかに幾らもおりやす。けど、手口に違いはあるが同じ日に二人は始末された。これは本当に、たまたま……でやすかね」

「浅吉が船頭でなけりゃあ、浅吉は土左衛門になっていなかったかもな」

「旦那、どういうことで？」

と、今度は嘉助が訊きかえした。

「昨日は別件だと思って親分には話さなかったんだが……」

先月、千住で舟運仲間の寄合があってな——と、七蔵は話し始めた。

三人は万年橋を渡り、万年橋から小名木川の土手を大川端へとった。

大川端へ出ると、大川を跨ぐ新大橋が眺められた。橋は浄土《じょうど》の空へゆるやかに反っている。

新大橋の下流に三ツ俣の洲が見え、川向こうの乙ヶ渕《おつがふち》と呼ばれる武家屋敷の土塀や木々が、両国橋の方まで続いて見えている。

「角丸は、勘定方の分には不相応な暮らしを続け、妾を囲い、博奕に明け暮れて、借金まみれになって首が廻らなくなった。そこで、借金の苦境から抜け出すため、役目がらみでつかんだ舟運仲間の開く賭場に押しこみ、旦那衆のたっぷりと金の入った懐の物を狙った。旦那衆はおよそ二十人。二十人分を集めりゃあ、相当の額に違いねえ」

七蔵は新大橋の袖まできて、渡るでもなく濱通りをそのままいくでもなく、立ち止まった。

「しかし、ご禁制の賭場を開いていたとなりゃあ、舟運仲間はお上に訴えられねえ。旦那衆は泣き寝入りをするだろうから間違いのねえ仕事だと、てめえの都合のいいように読んだ。ただ、寄合の場所は千住で、ゆくのも戻るのも真夜中。船と船頭がいる」

「それで賭場で顔見知りになり、濱町までの帰り船を頼んでいた船頭の浅吉、でやすか」

「千住まで船を出すあぶない仕事には、与太な船頭の浅吉がちょうど具合がよかった、かもしれないってことさ。押しこみは上手くいった。読みどおり、舟運仲間はお上には訴えなかった。だがそれですむはずがなかった。角丸と浅吉は、同じ日に、角丸は玄人に始末され、浅吉は佃島の沖で土左衛門になっていた。それですむはずがねえ事情がらみと、勘繰れなくはねえだろう」

「すると、角丸たちを始末させたのは、千住の舟運仲間の差し金、と考えるのが筋でやすね」

「それで筋はとおるが、金もあり世間から一目おかれる旦那衆が、そんなやくざみてえなふる舞いをするか、とも思えるんだがな」

「……けど旦那、今の話で腑に落ちやすぜ。そうだとすりゃあ、勘定方とは言え、角丸も与太な男だな」

「さっきの三右衛門店のおかみさんらの話を聞いているうちに、こいつはもしかして、と引っかかった。推量だぜ、親分。気にかかるだけだ。旦那衆がそんなあぶない差し金をして、得なことがあるとは思えねえ」

「あっしもそう思いやすが、角丸が始末され、同じ日に浅吉は土左衛門になったことは確かでやす。骸《むくろ》になっちまえば、身分や手口の違いは関係ねえ。とういかかわりがあるとは思えねえ勘定方としがない船頭が、与太同士、そううかかわりがあるとしたら、二人の始末を千住の一件がらみの線から調べるのは、無駄にはならねえと思えやす」

「ふむ。行事役の川路屋は、押しこみの噂はでたらめだ、押しこみなんぞないと言ってやがった。だが、信じられねえ。怪しい臭いがぷんぷんしてきた」

「あのぉ、するってえと旦那……」

と、二人の後ろについてやりとりを聞いていた樫太郎が、気になってならねえという風情で口を挟んだ。

「千住の押しこみの噂は、三人組でやす。もうひとり、いるってことになるんじゃねえんでやすか。与太同士の角丸の仲間で、角丸と浅吉みたいに、手口は違っているかもしれやせんが、始末された三番目の男が」

「樫太郎、そこなんだ。親分、推量があたっていりゃあ、角丸とかかわりのあるやつが、どっかでもうひとり、始末されているんじゃねえか。ここ二、三日とは限らねえ。今月に入ってから姿が見えねえとか、妙な災難に遭って命を落としたとか」

「旦那、やっぱり深川のやつでやすかね」

樫太郎が目を輝かせて言った。

「そんな気はするがな。親分、おれと樫太郎は、今から大手門の下勘定所へいって、角丸の朋輩らにもう一度会ってみる。角丸の借金の事情やら千住の舟運仲間の寄合と角丸のかかわりやら、手がかりが見つかるかもしれねえ。その足で千住へいって、川路屋にも話を訊くつもりだ。この前いったときとは事情が違う。ちょっとでも、角丸とのかかわりを探ってみる」

「では、あっしは三番目の男を……」

七蔵は、こくり、と頷いた。

「当然、角丸ら三人は、手はずを整える談合をどっかで持ったはずだ。妾のお久木の店《たな》じゃねえ。お久木は何もわかっちゃいなかった。三人だけで人目につかねえ場所となると、本所元町の浅吉が雇われていた船宿はころ合いの場所じゃねえか。角丸と三番目のやつが船宿の客になり船を頼む。船頭は浅吉だ。そうすりゃあ、三人で怪しまれずに、存分に談合ができるだろう」

「いかにも、でやすね。あっしの手の者を全部使って、元町の船宿から貞六の賭場、そのほか深川界隈で、角丸と浅吉の両方が顔を出していた場所を、徹底して洗ってみやす。三番目の男は、もう始末されたか行方が知れなくなっているかもしれやせんが、そういうほうが案外、簡単に見つかると思いやすぜ」

「今夜、どんなに遅くなってもよし床へ顔を出す。今日の調べでわかったことだけでも聞きたい。で、明日は……」

言いかけてから、ふと、七蔵は口を閉ざした。明日にはもう北へたつ男がいる、と不意に七蔵の脳裡をよぎったからだ。連太郎の昨夜の孤独な顔が思い出された。若かった日々の息吹きが胸に兆した。

連太郎にせめてもう一度会って、別れを惜しみたかった。

連太郎、二十数年ぶりに会った幼馴染みと、ひと晩だけじゃあ寂しすぎるぜ、と七蔵は思った。

「で、明日は？」

嘉助が訊きかえした。

「明日のことは、明日考えよう。親分、今日一日でわかった事柄だけでも十分だ。そいつを聞かせてくれ。それから、お甲《こう》にも頼むことがある。お甲も顔を出すだろう」

「承知しやした。お待ちしておりやす」

嘉助は言いながら、七蔵の顔つきが急に変わったことを訝しんだ。

二

公儀勘定所の下勘定所は、大手御門内にある。大手御門から本丸へお濠に下《げ》乗《じょう》橋が架かっている。

七蔵は大手御門番所の番士に、勘定所運上方・角丸京之進殺害の一件を調べている事情を述べ、角丸の組頭だった谷町徳之助へのとり次ぎを頼んだ。

番士は、町方同心の拵えを不審げに睨み、「町方が勘定所のお調べか」とぞんざいに訊きかえした。

「はい。角丸さまの一件は町家で起こりましたため、御勘定所より町方へ一件を調べよとの申し入れがあり、うかがった次第でございます」

本来なら、町方のくるところではないと追いかえされるところだが、番士は角丸の一件を承知しているらしく、「ここで待て」と無愛想に言い捨て、枡形《ますがた》門の門内へ消えた。

七蔵と樫太郎は、番所脇の高い石垣の下で待たされた。

ほどなく戻ってきた番士が、やはり不愛想に言った。

「谷町さまはほどなく見えられる。御門外を出ると、腰掛がある。そちらで待たれよ、とのことだ」

「はあ、外で、ですか……」

「ふむ。天気もよいし、混雑する登城日でもない。のどかでよかろう」

大手御門外は、登城する諸侯の行列が下馬をし、大手御門から先は殿さまの御駕籠と供廻りの者が徒歩《かち》で従う。そのほかの行列の従者と馬は、大手御門外で殿さまのご下城を待つのである。

むろん、雨、風、雪、の天候にかかわりなくである。

諸侯総登城の日、大手御門外は行列の供の者らで混雑する。町方には下馬廻り役の同心がいて、御門外周辺のとり締まりを行なう。

そういう従者のために、大手御門外には腰掛が設けてある。町方ごとき、そこで待て、という扱いである。

「ちぇっ、偉そうに。大事なお役目の旦那をこんなとこで待たせて、無礼じゃありやせんか。何が勘定方だい。てめえらの不始末じゃねえですか」

樫太郎は腰掛のそばにかがんで、濠に架かった大手御門の橋と壮麗な大手御門を睨んだ。

「いいじゃねえか。今に始まったわけじゃねえ。おめえも座れ」

「あっしなんか、ここで十分でやす」

樫太郎はふくれっ面をして動かず、七蔵を笑わせた。

四ツが近くなり、二人へ降る日射しがだいぶ暑くなっていた。

やがて、大手御門の橋を継裃の若い侍が渡ってくるのが見えた。昨日の葬儀の戻りの室町までの道々、話を訊いた組頭の谷町徳之助の姿は見えず、若い侍はひとりだった。

瘦身で背が高く、細面の色白に目鼻が人形のように整い、赤いおちょぼ口が整った目鼻とは不釣合いな顔だちだった。腰に帯びた黒鞘の二本が、人形の飾り物に見えた。

大手御門の橋を渡った侍は、腰掛の七蔵から目をそらさず、背筋をのばして胸を反らし加減に大股《おおまた》で近づいてきた。三十前の年ごろに思われた。

七蔵は立ち上がっていた。一間半ほどの間を開けて歩みを止めた侍に、腰を折って辞宜をした。

侍は人形のように整った目鼻をかすかに動かし、小さな黙礼をかえした。

「北御番所の萬七蔵さんですか」

と、それでも少し甲高い早口で先に言った。

「萬七蔵でございます。お務め中に畏れ入ります。あの、御勘定方の……」

「越光順一郎《こしみつじゅんいちろう》です。谷町さま配下の証文調方《しょうもんしらべかた》に就いています」

「はあ、証文調方。むずかしそうなお役目でございますね」

「むずかしくありませんよ。代官並びに委託地からの諮問《しもん》事項につき、当該管理に聞き合わせ返事を出すお役目です」

務めの内容を訊いたわけではないのに、越光は七蔵にちんぷんかんぷんな言葉を並べて澄ました。

「さようでございますか。それはそれは」

何がそれはそれはだ、と越光は澄ました顔つきの間から煩《わずら》わしそうに七蔵と後ろに控えた手先の樫太郎を見廻した。

「組頭の谷町さまは、お出かけでございましたか」

「おりますが、角丸京之進について承知している事情は、昨日、葬儀からの戻りにすでにお話しした。もう一度お会いしても、繰り返しになるだけだからと、わたしが代わりに萬さんの話をうかがうように命じられたのです」

「谷町さまは、お務めがお忙しいと」

「正直、迷惑なんです。勘定方の仕事は山のようにあります。町家をぶらぶらと見廻って仕事が終わる町方とは違うのです」

「ぶらぶらと見廻って仕事が終わるわけではございませんが、まあ、よろしゅうございます。越光さまは亡くなられた角丸さまとは、お親しい間柄で？」

「谷町組頭支配下の、ごく普通のお役目上の先輩と後輩です。角丸さんは運上方で、わたしは……」

「証文調方、でございますね」

「そうです。で、何をお訊ねなのですか」

「はい。こんなところではございますが、まずはおかけになりませんか」

越光は溜め息をもらし、しぶしぶ人形飾りの刀をはずし、腰掛に七蔵と並んでかけた。樫太郎は遠慮して、腰掛の傍らに立ったままである。

勘定方と町方のこういう同席は少々ためらわれるが、こんなところで七蔵たちを待たせたのは、勘定方である。

七蔵と越光の前方には、濠を隔てて大手御門につらなる石垣と白い土塀、三重の櫓、土塀の上にのびた松の樹木が、青い空の下に威容を見せていた。

この刻限、大手御門前に人影は見あたらなかった。挟箱《はさみばこ》をかついだ中間を従えた侍がひとり、大手御門の方へ橋を渡っていくばかりである。

越光は腰掛の具合が心地悪そうに、片膝を細かくゆすり出した。

澄まして見えるけれど、本人は気を落ち着かせるために懸命なのかもしれなかった。町方ごときに下手なことは喋《しゃべ》れない、という気持ちなのだろう。

「萬さん、手短にお願いします。ただし、仕事上のことでお話しできないことはありますからね」

越光は大手御門の方から櫻田《さくらだ》櫓の方へ眼差しを移し、白々と言った。

「越光さまは御勘定方として、お歳は若くとも、亡くなられた角丸さまと同じ職禄は百五十俵でございますか」

「そうですよ。それが？」

「羨《うらや》ましい。わたしら町方同心ごときは、三十俵二人扶持《ぶち》でございます。えらい違いですな」

「仕方がありませんね。勘定方は誰でもができる、というお役目ではありませんので。ですが町方は、お大名の献上残りや商家からのつけ届けが何くれとあって、実情はずいぶんと豊かなのではありませんか。われら勘定方の職禄は町方同心の足下にもおよばない、と聞いていますが」

「大袈裟でございますよ。まったくないとは申しませんが、御勘定方へのつけ届けと比べましたら、雲泥の差、月とすっぽんで」

あはは……

と、七蔵は笑い声を響かせてから、すぐに続けた。

「するとやはり、越光さまはお旗本の一門で、職禄のほかに家禄がおありなのでございますか」

「御家人です。家は小普請役でした」

越光は櫻田櫓へ目を投げたまま、素っ気なくこたえた。

「さようですか。それなら角丸さまと同じでございますね。品格のあるご様子を拝見して、わたしはてっきりお旗本のお家柄だと思っておりました」

「何が仰りたいのです?」

越光が眉間に皺を寄せ、七蔵へ向いた。

「角丸さまは濱町にお屋敷があり、お内儀さま、お子さま、ご隠居のご両親、そのほか使用人も幾人かお抱えで、相応の暮らしをなさっておられました。そのうえに深川の矢七郎店にお久木という妾奉公を抱え、調べましたところ、深川の賭場で派手に遊んでもおられました」

越光はまた、七蔵から顔をそむけた。

「御勘定方が、賭場への出入りやお妾奉公を抱えていた素行をとやかく申すのではございませんが、百五十俵の職禄でそのような暮らしができるのでございましょうか」

「それは、わたしに訊かれてもわかりませんよ。わたしは妾を囲っておりませんし、賭場に出入りもしておりませんので。できたのだから、角丸さんはやっておられたのではありませんか」

「ごもっともです。つまらぬことをうかがいました。ところで、越光さまは、昨日の葬儀ではお見かけいたしませんでした。角丸さまとは、葬儀に参列なさるほどのおつき合いではなかった、ということでございますか」

「わたしは一昨日より職務で遠出をいたしており、角丸さんの一件は昨日、勘定所に戻ってから聞かされました。今夜、濱町の角丸家へお線香を上げにうかがうつもりでおります」

「職務の遠出。ほお。角丸さんも、一昨日より加奈川宿へ出張ということでございました。それがどういうわけか、加奈川宿ではなく、深川の妾のお久木の裏店で殺害されたのでございます。事情は不明でございますが、遠出とはそういう遠出なのでございますか」

「変なことを言わないでください。谷町さま配下でも、わたしは証文調方。角丸さんは運上方です。運上方には運上方の事情があったのでしょう。わたしの遠出と職務が違うのです。わたしは八王子《はちおうじ》宿へ遠出しておりました」

「出張には、手当が出るのですか」

「それは出ますよ。あたり前でしょう」

「勘定方の出張の手当は、幾ら、出るのでございますか」

「幾ら？　どういう魂胆でそんなことを訊かれるのですか。まるでわれら勘定方が、出張手当目あてに職務を休んで出張していたと偽っているみたいに、疑っておられるようですね」

「勘定方のみなさんがそうだと、疑っているのではございません。しかし、角丸さまはそうだった。子供でもわかります。それが明らかだから、みなさん、お話しいただけないのではございませんか」

越光は眉をひそめて七蔵を睨み、短い間をおいた。

「われら勘定方の出張手当は、箱根以内は十両、箱根以遠は十五両です」

「ほお。箱根以内は十両、箱根以遠は十五両。一回出張するたびにですか。大金でございますね。なら、月に二度ばかり出張をなされば、妾の給金や深川の賭場で遊ぶ金ぐらいは、十分でございますね」

七蔵が言うと、越光は眉をひそめたまま、いきなり腰掛を立った。

「萬さん、そういう話をわたしがするのは相応しくない。組頭の谷町さんか、もっと上の方から直《じか》に聞いてください。わたしにはこれ以上、あなたにお話しすることがありません」

と、手にしていた人形飾りのような大刀を、腰に差そうとした。

「失礼を申し上げました。ご不興を買いましたのなら、お許しを願います。何とぞ、お座りください。町方の役目柄、ご不快なこともお訊きしなければなりません。越光さま、何とぞ」

七蔵は、越光のゆく手を阻むように腰掛から立ち上がり、越光と正面から向き合う格好になった。越光は刀を手に提げ、大手御門の方へ目をそらせた。

「角丸さまが若い御勘定方だったころ、きっと、今の越光さまと同じように、お役目大事に、忠実に、公明正大に、励んでおられたことでしょう。しかしながら、まだまだ働き盛りのお年ごろにもかかわらず、突然、命を絶たれた。朋輩があのような殺され方をして、越光さまはご不審ではございませんか。角丸さまに何があったのか、お知りになりたくはございませんか」

越光の顔色は、少々青ざめて見えた。町方の調べを拒んで立ち去るのを、ためらっている様子でもあった。

「一件は、御勘定奉行さまより町奉行さまにお調べのご依頼がございました。わたしは隠密の廻り方でございます。隠密が掛を命ぜられましたのは、一件をなるべく表沙汰にせず、真相が明らかになれば町方は手を引き、御勘定所に始末をお任せするとり決めだからでございます。御勘定所の面目を配慮したゆえのとり決めでございます。そこの事情を、おくみとり願えませんか」

越光はしぶしぶと腰掛に再び腰を下ろした。右脇へおいた人形飾りのような刀が、乱暴な音をたてた。

「角丸さまの、借金について、お聞きおよびでございますね」

七蔵が腰掛に並びかけて訊くと、「……聞いていますす」と、越光は幾ぶん身がまえをやわらげた。

「誰に、どれほどの、でございますか」

「噂で聞いていただけですから、定かにはわかりません。噂では、何十両というのもあれば、何百両というのも聞きました。わたしと角丸さんは親しいわけではないのです。十も歳の違う先輩です。気安い間柄ではありません。わたしより角丸さんと親しく交わっておられる先輩方は幾らもおられますが、みなさん町方風情に、と仰って、わたしが代わりを押しつけられたのです」

町方風情に、という言い方に七蔵は思わず噴き出した。

「つまり先輩方は、みなさん、角丸さまと同じように月に何回か、職務と称して偽りの出張や遠出をされているからですか」

「みなさんが、というわけではありません。ただ、わたしも一度いったことがあります。組頭の谷町さまにいってこいと言われて、断れなかった……」

越光は小声で言い、不機嫌な様子を隠さなかった。

七蔵は小さな咳払いをした。

「不浄役人の町方風情が、みなさまのふる舞いをとやかく申すのではございません。わたしは角丸さまの一件を探るのみでございます。で、噂をお聞きになった角丸さまの何十両か、あるいは何百両かの金額は、どういう謂《いわ》れの借金なのでございますか」

「噂で聞いただけです。博奕や妾を抱えるのもあったでしょうし、不相応な暮らしぶりや屋敷の改築やらに相当の費《つい》えがあったとか」

「確かに、濱町のお屋敷は立派な造作でございました」

「それから、米相場にも手を出されて、ずいぶんな損失をこうむられた、という噂もあります。それでも毎晩、両国から深川あたりを遊び歩いておられたので、よく手元が続くな、と思っておりました。けど、角丸さんはやりすぎだ、という陰口を聞いたことがあります。あんな調子じゃあ、角丸は今に身を滅ぼすぞと……それが、本当になりました」

越光はいっそう小声になり、うな垂れた。膝の上で袴を握り締め、まるで自分自身に腹をたてているみたいだった。

「お気持ちはお察しします。ですが、越光さまのせいではございませんよ」

七蔵は、若い越光がつい気の毒になって言った。

「越光さま、もうひとつ、おうかがいいたします。運上方の扱いで、角丸さまが荒川筋や新河岸川筋の舟運仲間の担当をなさっていた、今そうでなくとも以前にそうだった、ということはございますでしょうか」

「荒川筋や新河岸川筋の、舟運仲間？」

越光は憮然《ぶぜん》とした顔つきをもたげた。

「このたびの一件と、何かかかわりがあるのですか」

「そうではないのです。ただ、ある筋から角丸さまが荒川筋や新河岸川筋の舟運仲間の相談事に乗っておられるらしいという話をうかがいましたもので、一応、念のためにでございます」

七蔵は故意に誘いを入れてみた。

「ある筋ですか……」

越光は、素朴に考えるふうに繰りかえした。そして、

「角丸さんは味噌、醬油、酢などの、そちらの業者仲間の担当ですので、舟運仲間とどういうつき合いをなさっているか、掛が違うので詳しいことは……」

と、どうでもよさそうに続けた。

「荒川筋や新河岸川筋かどうかはわかりませんが、半年ほど前から千住のどこかの業者仲間の寄合に何度か招かれ、勘定所のお達しやら評議の相談に乗っておられたと聞いた覚えはあります。萬さんが聞かれたのは、それのことかもし

れません。千住宿ですので、わたしは単純に荷送仲間の寄合かな、ぐらいにしか考えませんでした。味噌や醬油も荷送が大事ですから」

どうやら、若い越光には先月の千住宿の舟運仲間の寄合に押しこみが入った噂は、伝わっていないようだった。

「たぶん、千住宿の芸者が大勢呼ばれ、豪勢な供応を受けておられたと思います。でも千住の寄合に招かれていた方は、角丸さんだけではなく、ほかにもおられますよ。名前は言えませんが」

「いえ、それでけっこうでございます。念のためにおうかがいしただけでございますから」

「では、よろしいですね。これで……」

と、越光は言い残し、七蔵が言葉をかえす間もなく、そそくさと大手御門の橋の方へ歩み去っていった。

「ふん、いい気なもんでやすね。朋輩がどうなろうが、てめえにはかかわりがございやせん、ってわけでやすね」

樫太郎が大手御門の橋を足早に渡っていく越光を眺め、不満げに言った。

「そう言うな。よく話してくれたほうさ」

「だけど旦那の推量どおり、角丸は千住の寄合の一件と、何やらかかわりがありそうでやすね」

七蔵は腰を上げ、ふむ、と頷き、大手御門に背を向けた。

「それじゃあ旦那、次は千住の川路屋へもう一度、でやすか。それともお甲姐《ねえ》さんでやすか」

樫太郎が、七蔵の背中に言った。

「千住の前に花房《はなぶさ》町のお甲の店へ寄る。お甲に頼み事がある」

三

わかっていながら、誰も角丸を諌《いさ》めなかった。角丸のやりすぎがこの結果を招いたと朋輩らは内心気づいていた。だが、誰も本当の事を話したがらない。本当の事は、自分の身にも撥《は》ねかえってくる。

筋違御門橋を渡って神田川堤の河岸通りから、花房町の小路へ折れた。わら店へ出る途中の木戸をくぐって、矢兵衛《やへえ》店の路地のどぶ板を踏んだ。

割長屋が両側につらなる路地を二つ折れると、軒に《長唄師匠》の札が提がった店の方から三味線の粋な音が聞こえてきた。

路地の奥の物干し場に、洗濯物が干してある。

長屋のおかみさんが洗い物をしている井戸端をすぎ、お甲の住まいの腰高障子まできた。《長唄師匠》の札の提がった軒下に、鶏頭《けいとう》の鉢植えが黄色と白の小花を可憐《かれん》に咲かせていた。

「お甲、おれだ。邪魔するぜ」

三味線の音へ、さらりと声をかけた。

「はい……」

三味線が止んでお甲の声が聞こえ、とんとん、と身軽な足音が続いた。

お甲は掏摸《すり》の熊三《くまぞう》の娘である。物心ついて間もないころから熊三に技を仕こまれ、十歳のときには、童女ながらすでに、熊三率いる掏摸仲間に加わっていた。熊三をしのぐ、腕利きの女掏摸だった。

いずれ熊三が隠居したあとはお甲が女親方になって、掏摸仲間を率いると言われていた。だが、お甲が十九のとき熊三が捕えられ、数ヵ月後、熊三は牢屋で病死した。それを契機に、お甲は足を洗った。

さらに一年半ほどがたった二十一、二のころより、お甲は北町奉行・小田切土佐守の内与力である久米信孝の密偵として働き始めた。

熊三の死によってお甲の性根にどういう変化が兆したのか、また久米の密偵として働き始めた経緯を、お甲は話さないし七蔵も訊いてはいない。

五年前の文化《ぶんか》元年、七蔵が隠密廻り方を拝命し、深川の念仏講を装った加持《かじ》祈禱《きとう》集団の探索にあたった折り、久米がお甲を七蔵の助《すけ》っ人《と》に差し向けた。

お甲の働きは七蔵の探索におおいに役だったが、それがためにお甲は集団の残党から意趣がえしに命を狙われる羽目に陥り、久米の配慮で上方《かみがた》へ上り、身を隠していた。

二年がたって、江戸に戻った。

「……花房町でお甲が長唄の師匠をやっている。会ってみるといい」

「しばらく萬さんの下で使ってやってくれ」

久米が七蔵に言い、以来、お甲は七蔵の手先を務めてきた。

熊三の手下になってめきめきと腕を上げ、女掏摸のお甲の名は裏街道で名を売るやくざの親分衆や顔利き、貸元らに知れ渡っていた。あの熊三の娘、というのでお甲を可愛がる顔利きも、少なからずいた。

それが今も役にたっていた。

裏街道では、《よし床》の嘉助親分よりお甲は顔が利いた。お甲がもたらす噂や評判、表からは見えない世間の裏事情に、七蔵はおおいに助けられている。

お甲は七蔵と樫太郎に、冷えた麦茶を出した。

質素な絣《かすり》模様の単衣《ひとえ》の、襟元からのぞく襦袢《ジュバン》の朱色が、早や二十代半ばを二つ三つすぎたお甲の色香を、馥郁《ふくいく》と醸《かも》していた。

七蔵の話を聞いたお甲は、憂いを含んだ白い面差しをゆっくりと頷かせた。

「千住宿の川路屋九右衛門の名は、聞いたことがあります。荒川と新河岸川の舟運業者仲間の毎月の寄合を狙って、三人組の押しこみ……死人や怪我人は出なかったんですね」

「たぶんそうだとは思う。けど、詳しいことはわからねえ。何しろ、川路屋は押しこみなんぞないと言い張っているし、一方では、寄合が押しこみに遭ったという噂が河岸場や宿場に根強く流れていることは確かだ」

「懐の豊かな旦那衆がご禁制の賭場を開いていたとあっては、お上には訴えられません。となれば、自分たちで始末をつけるしかありませんね」

「そこでどう始末をつけるかが、腑に落ちねえ。賭場荒らしに遭った貸元が、賊を探り出して落とし前をつけさせる、見せしめに始末する、というのなら珍しくはねえ。だが、堂々と表店《おもてだな》をかまえる旦那衆が、落とし前やら見せしめやら、そんなやくざみてえな手段に出るとは思えねえし、そこまでやって得なことは何もねえ」

「そうですね。普通ならやりませんが……」

「どう見ても、角丸殺しは玄人の仕業だ。素人にあんな手ぎわのいい殺し方はできねえ。角丸は、月に二度ばかり出張の名目で、妾の店へしけこむことがわかっていた。始末人は事前にそれを調べ上げ、その日のそのときを狙っていたと思われる」

「誰かが玄人の始末人を雇い、角丸を始末させたんですね」

「そうとしか考えられねえ。けど、次の日の夜明け前、本所の船宿の船頭・浅吉の土左衛門が佃島沖で見つかるまでは、角丸殺しと千住の押しこみの噂がかかわりがあるとは、疑っていなかった」

　七蔵は言いながら、顎をなでた。

「浅吉の土左衛門も、間違いなく殺しだ。浅吉殺しは、玄人の仕業とは思えねえ。破落戸がやりそうな荒っぽい手口だったし、勘定方と船宿の船頭じゃ身分が違いすぎるがな。ただ、角丸と浅吉は賭場仲間で、角丸が濱町の屋敷に戻るさいに浅吉に船を頼む客と船頭でもあった。共に借金も抱えていた」

「勘定方と船宿の船頭では、借金の額は違うでしょうね」

「欲の深さは金額の多寡《たか》じゃねえ。人の性根で決まる。人の性根は勘定方も船宿の船頭も同じじさ」

お甲は、ふっ、と笑みを浮かべた。

「もしもおれが勘定方で、役目上、千住の寄合で旦那衆らの賭場が開かれ、大金がやりとりされている実情を知り得る立場にあったとする。で、もしもでかい借金を抱え、賭場に押しこんでもご禁制の賭場だから、旦那衆はお上には訴えねえと知っていたなら、押しこんで金を奪おうとするか。やるかやらねえかわからねえが、考えるだろうとおれは思った」

「旦那、あっしも旦那に誘われりゃあ、その気になるかもしれやせん」

樫太郎が真顔で言い、七蔵とお甲は声をあげて笑った。

「樫太郎、そこでおれとおまえが千住までいって押しこみを働くとしたら、おめえもやっぱり船を使うことを考えるだろう」

「へえ、考えやす」

「とすりゃあ、角丸が借金のある船頭の浅吉を誘うのは頷けるってわけさ。それに、押しこみの相手は旦那衆と言っても二十人近い人数だ。船頭の浅吉と二人だけでは心もとない。もうひとり、腕利きを仲間に加える。賭場などで顔見知りの、借金のありそうなやつをだ」

「千住の寄合の押しこみを、勘定方の角丸が企てたという推量ですね」

「お甲、おれが推量するということは、押しこみに入られた側も同じ推量ができる。入られた側にとっては、誰々の仕業だと疑う相手は限られている。その中に角丸は、当然、入っていただろう。だとすれば、押しこみの三人を見つけることぐらい、金を使って調べさせりゃあ簡単にわかるはずだ。何しろ、金に不足のねえ旦那衆だ」

「空き巣狙いやけちな追剝《おいはぎ》に、できる仕事ではありませんからね」

「やくざみたいに落とし前をつけるつもりか、見せしめにするつもりか、そこのところは不明だ。ともかく、金のある旦那衆が玄人の始末人を雇った。押しこみを企てた角丸を、始末するために」

「そう推量すれば、辻褄《つじつま》が合いますね。でも、浅吉殺しは、なぜ、玄人の仕業じゃないんでしょうか」

「なんぞ事情があるんだろう。推量どおりに全部の辻褄が合っているわけじゃねえ。浅吉殺しの手口を含め、わからねえ事が幾つか残っている」

　そこで——と、七蔵は語調をあらためた。

「お甲は、花川戸の船着き場で、軽子や人足の口入れを手広く引き受けている白帆屋《しらほや》の寺吉《てらきち》に顔が利いたな」

「寺吉さんは、子供のころから知っています」

「寺吉は花川戸のみならず、千住や川口《かわぐち》、戸田《とだ》あたりの貸元や親分衆にも顔が知られている。先月の千住の舟運仲間の寄合が押しこみに遭ったという噂は、荒川と新河岸川の河岸場を中心に流れている。寺吉なら、噂の出どころをつかんでいるんじゃねえか。出どころがわかれば、よりどころのある噂か、そうでない噂かがわかる。おめえに、そいつを探ってもらいてえ」

「わかりました。寺吉さんは目端が利く親分さんです。きっと噂の真偽を、つかんでいるはずです。それと、押しこみの素性も、わかるかもしれません。角丸と浅吉のほかに三番目の男を……」

　七蔵は「ふむ」とうめき、物思わしげに顎をなでた。

「三番目の男は嘉助親分が探っている。それより、寺吉にもうひとつ、確かめてもらいてえ。両国の元柳橋に、馬ノ助という男がいる。表向きの稼業は普請場の人寄せだが、性根は博徒《ばくと》だ。知っているかい」

お甲が頷いた。

「その馬ノ助が、先だって、押しこみの噂の件で千住の川路屋へ話を訊きにいった折り、偶然、おれたちのあとに川路屋の店に入るのを見かけた。馬ノ助も人寄せ稼業だから、川路屋とつき合いがあってもおかしくはねえんだが、馬ノ助が川路屋でどういう仕事を受けているのか、そいつを知りてえ」

「元柳橋の馬ノ助は、胡散《うさん》臭い男ですよ。馬ノ助の人寄せ稼業は、ひどくあくどいと、悪い評判を聞いています。国で食いつめて江戸へまぎれこんできた者や、無宿の物乞い同然の食うや食わずの者らを手下に集めさせ、ただ同然で普請場へ送りこんでいるとか。馬ノ助のあくどさに不服を言った者は、手下らに袋叩きに遭ったり、中には殺された者もいるって、そんな噂もあります」

「馬ノ助の悪い評判や噂は、おれも聞いている。御番所でも目をつけているが、普請場の人足らにとっては馬ノ助もお上も同じ仲間と見られてな。訴え出るやつがいねえから、尻尾がなかなかつかめねえのさ」

「川路屋が馬ノ助とですか。なんだか、川路屋も怪しいお店ですね」

「そうなんだ。だから今になって、馬ノ助のことが妙に気になる」

「承知しました。すぐに支度をして、寺吉さんに会ってきます」

「おれと樫太郎はこれから千住宿へいき、川路屋にもう一度話を訊く。で、今晩、どんなに遅くなっても《よし床》に寄って、嘉助親分が調べた報告を聞くことになっている。お甲にも、わかったことを聞きたい。今晩、《よし床》へ顔を出してくれるかい」

「ようござんす。でも、これから半日だけでどこまでわかるか……」

「いいんだ。明日は明日だ。今日一日でわかったことだけでいい。そいつを聞かせてくれ」

七蔵は立ち上がりながら言った。明日は、どうなるか、わからない。そんな気がしてならなかった。

四

七蔵と樫太郎は、筋違御門橋と物置場の間の河岸場で、江戸へ薪を運んで千住の先の豊島《としま》村へ戻る帰り船に便乗することができた。

帰り船は神田川から大川へ漕《こ》ぎ出て両国橋を後ろに、川波を蹴たててさかのぼった。

吾妻橋をくぐり、鐘ヶ淵《かねがふち》をすぎて西へ大きく蛇行《だこう》する隅田川を十数町さかのぼれば、千住大橋である。

日が天高くのぼり、さらに暑くなっていく昼の最中、川風は心地よかった。

七蔵は町方同心用の黒塗りの一文字笠、樫太郎は菅笠をかぶっている。

だが七蔵は、心地よい川風や両岸の景色を楽しんではいなかった。

角丸をたったひと突きで始末した男のことを、考えていた。その男は北からきた。千住宿よりもっと遠い北の彼方、足立郡、豊島郡、埼玉郡、それとも上州か野州か、さらに遠い北の果てからか。

倫がそいつを知っている。倫は、八丁堀の屋敷から姿を消していた何日かの間、そいつといたのだ。そいつの膝に乗って、そいつに白い毛並をなでられ、うっとりしていたのだ。

そいつが角丸のうなじへ得物を深々と突き入れるさまを、倫は傍らですべて見ていたのだと、七蔵は思った。

ふと七蔵は、違う、と別のことに気づいた。

角丸殺しと千住の押しこみの一件とかかわりがある覚えが兆したのは、浅吉の土左衛門が見つかったときではなかった。

七蔵はその前に、おぼろな疑惑を覚えていた。浅吉の死は、七蔵の覚えたおぼろな疑惑を、鮮明にしただけだ。あのときの倫の顔だ。あの倫の顔を見たときだ。なぜかはわからない。ただそんな気が、あのときしたのだ。

妬《や》けるぜ、倫……

七蔵は川風に呟き、苦笑した。千住大橋が川上に見えていた。


川路屋九右衛門からは、前のときと変わらぬ話しか聞き出せなかった。

「押しこみの噂など、わたくしどもとかかわりはございません。先だって、申し上げたとおりでございます」

と、九右衛門は繰りかえした。

「埒もねえ噂だってえことは重々承知した。今日はその件じゃねえんだ。別の一件で、九右衛門さんの話を聞きにきたのさ。九右衛門さんは、勘定所運上方の角丸京之進というお役人をご存じだね」

七蔵が角丸の一件をきり出すと、九右衛門は、当然、知っており、

「角丸さまが一昨日、災難に遭われたことをお聞きいたし、本当に肝を潰しま

した」

と、大袈裟に驚いて見せた。

「角丸さまのご担当は、味噌や醤油や酢の問屋仲間のほうでいらっしゃいましたので、わたくしども舟運仲間とのかかわりは薄うございます。ですが、舟運業は味噌や醤油や酢などさまざまな荷をお運びいたします関係上、まったく無関係とは申せません。定例の寄合にお招きいたし、角丸さまのお話をうかがい商いの参考にさせていただいたことがございます」

それから、「本当にお気の毒でございます」と続け、逆に葬儀の模様や、残された妻子や隠居の様子などをあれこれと聞かれた。

「あの、まさかとは思うのでございますが、角丸さまは深川の妾の店で災難に遭われたという噂は、本当でございますか」

「今、調べの最中だから、それは言えねえんだ」

「さようでございますね。でも噂では、角丸さまはかなりあちらのほうもお盛んだったらしゅうございますね」

「角丸さんが招かれた寄合は、押しこみの噂になった例の寄合だろう」

「さようでございます。前にも申しましたが、わたくしどもは仕事柄、運上方のお役人さまとはつながりがございますゆえ、さまざまな担当のお役人さまをお招きいたし、貴重なお話をうかがい、ご指導をいただいております。角丸さまを最後にお招きいたしましたのは、三月ほど前の寄合でございました」

「場所はやはり、鮒やさんで？」

「はい。相も変わらぬ田舎の業者の寄合でございます」

「角丸さんがもめ事やごたごたを抱えていたとか、恨まれていたとか、何か思いあたる事柄や人は……」

「いえ。何分、ご担当がわたくしども舟運仲間と違っており、角丸さまの私《わたくし》事《ごと》はあまり存じ上げませんし」

と、九右衛門の受けこたえは終始、あたり障りのないものだった。

馬ノ助のことを、ついでを装って最後に訊いた。

「ところで、両国元柳橋の人寄せ稼業の馬ノ助と川路屋さんは、どういうつながりで？」

これにも川路屋の説明に不審はなかった。

「両国元柳橋の？　ああ、はいはい。馬ノ助の親分さんでございますね。確かに、おつき合いをさせていただいております。ありがたいことに舟運業を順調に営むことができ、店の前の川路屋専用の船着き場を今年中には拡張いたす準備をしておるところでございます。馬ノ助親分さんには、普請場の人手の手配を頼んでおります」

と、九右衛門は店の前の船着き場へ手をかざして言った。隅田川堤の船着き場拡張の普請場なら、人手が要《い》るのは間違いなかった。

馬ノ助がどういう人手を寄せ集め、どういうふうに使おうが、普請ができさえすれば、川路屋が馬ノ助のやり方にとやかく口を挟む筋ではない。

「馬ノ助の人寄せは、町方の間でもいい評判を聞かねえ。あんまりあこぎな事をさせねえように、気をつけたほうがいいぜ」

そう言い残すのが、せいぜいだった。

半刻ほどで川路屋を出た。千住大橋を渡り、午後のだいぶ西に傾いた日射しの下の小塚原を浅草へと戻った。

何もかも気を廻しすぎているだけかもしれねえ、と思いつつ、七蔵の腹の底のかすかなざわめきは収まらなかった。

お甲の裏店を出てからおよそ二刻近くがたち、七蔵と樫太郎は浅草の広小路から御蔵前通りを浅草橋の方へたどっていた。

御蔵前から三味線堀に架かる鳥越橋、浅草御門北の町地をすぎて、浅草橋に差しかかったとき、空はまだ明るかったが、天高く浮かんだ雲に西日が赤く染まっていた。

浅草橋から柳橋にかけて、神田川の川縁には船宿が軒をつらねている。

両国の川開きは、八月の二十八日までである。

秋の声は聞こえてもまだまだ残暑の続くこの季節、去りゆく夏を惜しんで今宵も多くの川船が両国と向両国を分ける大川に浮かび、花火が打ち上げられるのだろう。両国広小路界隈と両国橋には今宵も見物人があふれ、次々と打ち上げられる花火に喚声をあげるのだろう。

七蔵は浅草橋の中ほどで立ち止まり、手すりのそばへ橋板を姦《かしま》しく鳴らす人の往来をさけた。

深い青色を湛《たた》える神田川の、川筋に建ち並ぶ船宿の歩みの板を、船宿の女将《おかみ》や奉公人が、なんとか丸と記した屋根船や猪牙などに客を案内している。

そろそろと大川へ繰り出す船もあり、客の賑わいにまじって、川縁の茶屋の二階でかき鳴らす三味線の音も、盛り場らしい界隈の風情を醸していた。

「旦那、どうかしやしたか」

不意に立ち止まって神田川を眺めている七蔵に、樫太郎が声をかけた。

「うん？　ああ、ちょっとな……」

七蔵は曖昧《あいまい》な返事をしたが、川筋を眺めやる様子は変わらなかった。

こういうときは、旦那の思案が続く限り、邪魔をしないようにそばについているのみである。

樫太郎は橋の手すりに両肘を乗せ、七蔵に並んで川筋をそっと眺めた。

川面に映る両岸の家々とまだ青い空が、川波と一緒にゆれていた。川筋の向こうに見える丸く反った柳橋にも、人の往来がつきない。

「樫太郎、よし床へいく前に馬喰町へ寄る」

身を翻《ひるがえ》して橋を渡っていく七蔵の背中に、樫太郎は言った。

「昨夜のお客さんのお宿ですね。幼馴染みの桃木連太郎さんの」

「察しがいいな」

七蔵が樫太郎へ顔だけを向け、微笑んだ。

浅草御門から馬喰町まで、さしたる道のりではない。

馬喰町の旅人宿《柊屋》からは、初音の馬場の向こうにそびえている御用屋敷の物見の櫓《やぐら》が見えた。

柊屋の亭主が応対に出てきて、「お役目ご苦労さまでございます」と、店の間に手をついた。

「宇津宮の薬屋の、平一さま。はい、お泊まりでございました。つい先ほど、おたちになりました」

「たった？　たったのか。明日と聞いていたんだが、平一さんに何かあったのかい」

「いえ、そういうことではなく、あとはもう簡単な仕事をひとつ残しているだけだから、それをすませたら、そのまま旅だつと仰られ。夜は物騒でございます、大丈夫でございますか、と申し上げましたら、千住か草加宿あたりで宿をとるつもりだとも、仰っておられました」

「簡単な仕事の、場所と相手はわかるかい」

「相すみません。お仕事のことですので、うかがってはおりません」

亭主は膝の上で手をすり合わせて言った。

「平一さんを訪ねて、こちらの宿に誰かこなかったかい」

「どなたもお見えになりません。お客さまはほとんど毎日、薬屋のお仕事でお得意さま廻りをなさっておられたようでございますが。どこのお得意さまか？

はい、それも何も仰いませんでしたので。相すみません……」

七蔵が「ふむ」と黙りこむと、亭主が続けた。

「思いのほか、江戸での逗留《とうりゅう》が長くなった。富ヶ岡八幡宮の江戸の祭りも観たので土産話はできたし、懐かしい知り合いとも会った。十分、江戸を楽しんだ。宇津宮の仕事が気にかかる。ころ合いだと。あ、そうそう、訪ねてきたと申しますのは妙ですが、真っ白な綺麗な猫が迷いこみまして、その白猫がなぜかお客さまになつき、出かけられる折りはいつもあとについて……」

真っ白な綺麗な猫、と七蔵は腹の中で呟いた。

「平一さんはその猫を、どう呼んでいた」

「ええと、なんでしたかね。あ、そうそう。別嬪さん、別嬪さん、と呼んでおられました。雌猫なんでございましょうね。野良とは思えない、本当に美しい白猫でございます」

「白猫は、いつごろ、柊屋さんに迷いこんだ」

「姿を見かけるようになったのは、お客さまがお泊まりになられたころでございますから、今月の上旬でございます。それが一昨日、お客さまが富ヶ岡八幡宮の祭り見物へお出かけになる折り、あとをついていったのでございますが、深川でぷいと姿を消してしまったそうで。どういう事情でか馬喰町で迷子になったのが、深川の飼い主を思い出したのかな、とお客さまは笑っておられました」

「平一さんはどんな格好で祭り見物に出かけた」

「はい。祭という字を背中に白く抜いた鮮やかな藍《あい》の法被《はっぴ》に、ひょっとこのお面などを腰に下げられ、そりゃあ楽しそうに白猫を従え……」

「白猫はもう、消えたんだな」

「それがでございますね。お客さまが先ほどおたちの折り、網代笠に引き廻し合羽を着けられたお客さまの胸のところから、その白猫が澄ました顔をのぞかせているではございませんか。細い紅紐《べにひも》の首輪に小さな鈴がつけられ、それがちりんちりんと可愛らしく鳴るんでございます」

お文がつけた鈴に違いなかった。迷子になっても目印になるようにだ。可哀想に、今ごろお文はまた捜し廻っているのだろう。

「あの白猫が戻ってきたのでございますか、と訊ねますと、どうやら自分にはの字のようです、とお客さまは笑って仰っておられました。うちの使用人たちもみな、可愛いだの、綺麗だのと、と申しましてね」

七蔵は「邪魔した」と、柊屋をそそくさと出た。

これしきの事で動悸を覚える自分が、苛だたしかった。

樫太郎が、そんな七蔵のすぐ後ろへ慌ただしげに追いついた。

「だ、旦那……」

樫太郎が言い澱んだ。二人は馬喰町の大通りを本町の方へとっていた。西のお城の方の空が、赤く色づいている。

「別嬪さんと言やあ、昨日の桃木さんも、倫のことを別嬪さんと呼んでいやした。さっきの白猫は、倫のことでやすね」

「そうだ。倫のことだ」

七蔵は雪駄を踏みしめつつ、樫太郎に言った。

「すると、もしかして、さっきの柊屋さんの話だと、倫は、倫は……」

樫太郎はそこで言うのをためらった。

「ずっと、旦那の幼馴染みの桃木さんと、一緒だったんでやすね」

「そうとしか、考えられねえな」

「なんてこった。お文があんなに心配して、探していたのに、こんなとこにいたんでやすね。となりゃあ、旦那、倫が深川に一緒にいったのも、桃木さんなんでやすか。桃木さんは、ひょ、ひょっとこの面を腰に下げて、深川の角丸の、あの、倫があっしらを案内した……」

七蔵は歩みを止め、樫太郎へ向いた。

「樫太郎、おれにはなんとも言えねえ。ただ、あと少しだって気がする。まずは、嘉助親分とお甲の話を聞きにいこう」

「へいっ。承知しやした」

樫太郎の顔つきは、いつになくこわばっていた。

五

二人が《よし床》の店をかまえる室町の小路へきたとき、両国の方の夕暮れ間近い空に上がった花火が、屋根と屋根の間に小さな花を咲かせた。

「あっしもたった今、深川から戻ったところでやす。お米が夕飯の支度をしておりやす。支度が整うまで、一杯やりながら、今日の調べでわかったことをお知らせしやす」

「ありがたい。腹も減ったし喉も渇いた。そのうちお甲もくるだろう。お甲にも調べさせていることがある。一杯やりながら、親分とお甲の調べた内容をじっくり聞きてえところだが、じつはいささか急《せ》いている。茶の一杯も馳走になれば十分だ。それより、親分のわかったことを話してくれ」

「わかりやした。すぐに茶の用意をさせやす」

嘉助は何かを察したように言い、廊下に顔を出して勝手の方へ声をかけた。

「お米、こっちは食ってる暇があるかどうかわからねえから、飯の支度は急がなくていい。それより茶を頼む。それと、お甲がくるはずだから、顔を出したらすぐにとおしてくれ」

ああい――と、お米の声がかえってきた。

「では旦那、まずもって、三番目の男は……」

と、嘉助は七蔵と対座し、すぐにきり出した。

一灯の行灯が、向き合った七蔵と嘉助、七蔵の斜め後ろに控えた樫太郎をやわらかな明るみでくるんでいた。濡れ縁のそばに蚊遣《かやり》が薄い煙を上げ、小さな庭には夕暮れが、静かに迫っている。

「おそらく、名前が脇長多十郎。深川五間堀に屋敷のある御家人の部屋住みでやす。海福寺の貞六の賭場の、角丸京之進と同じぐらいの、まあ定客と言える客だそうでやす。貞六の話じゃあ、脇長にも相応の借金がありやした。角丸と親しい間柄だったのは浅吉よりも脇長だった、脇長は角丸からも金を借りているようだったと、貞六は言っておりやした」

「角丸は借金を抱えながら、脇長という部屋住みに金を貸していたのか」

「角丸は賭場でも金遣いが無茶苦茶で、そのうえ賭場でも勘定所の役人の身分を隠そうともせず、むしろひけらかして、銭屋や金貸しから、むろん貞六にも借金をしながら、けっこう乱暴な張り方をしておりやした。脇長は、借金と言うより、そんな角丸に小金をせびっているような様子だったそうで、角丸も脇長を子分みたいに扱っていたと」

お米が幾つかの湯呑と急須に淹れた茶に、干菓子を「せめてこれでも……」と運んできた。

七蔵は干菓子を口へ放りこみ、喉を鳴らして茶を飲んだ。

「ふう、旨い。それでは、浅吉と脇長のかかわりはどうだ。続けてくれ」

嘉助は七蔵へ、こくり、と頷いた。

「浅吉と脇長の間柄は、親しい、というほどには見えなかったと聞きやした。だいたい、浅吉は年中ぴいぴいしていて、遊ぶ金もろくにねえのに賭場に顔を出していて、賭場の客にはあんまり相手にされておりやせんでした。でやすからこの二人は、どっちもたまに貞六の賭場で顔を見かけた、という程度の間柄のようで」

「三人は、仲間ではなかったのだな」

「むしろ、角丸、浅吉、脇長の三人が仲間とは、胴元の貞六でさえ一緒のところを見かけたことはねえし、気づかなかったと言っておりやす。今度の事柄があって初めて、もしかしたら角丸が二人を誘いこんで、なんぞやらかしたんじゃねえか、で、落とし前をつけさせられたんじゃねえか、と案外うがった見方を貞六はしておりやした」

「今度の事柄とは、角丸の一件と浅吉が土左衛門になっていたことだな。脇長という部屋住みは今度の事柄と、どういうかかわりがある」

「手下らに訊き廻らせたのを言いやすと、脇長は始末されたのかどっかで生きているのか、定かにはわかりやせん。つまり脇長は今、行方知れずになっておりやす」

「どういうことだ」

「角丸の一件があった同じ一昨日の夜更け、脇長が屋敷を出てどこかへ出かける途中でやした。脇長らしき旅姿の侍が五間堀の堤道を横川の方へいくのを、六間堀の出口にある組合辻番の番人が見ておりやした。しばらくして、五間堀の弥勒寺《みろくじ》橋をすぎたところで、ただの喧嘩とは思えねえような男らの騒ぎ声を、対岸の北森下町《きたもりしたちょう》の住人が聞いておりやす」

「騒ぎを？　巻きこまれたのは、脇長なのか」

「間違いありやせん。脇長、と呼ぶ声が聞こえたそうでやす。そのあと誰かが堀に飛びこんで逃げたらしく、それを追え追えと、男らの喚き声や走り廻る足音が聞こえやした。たぶん、脇長が堀に飛びこみ、襲った男らが追ったんでやしょう。南森下町でも、男らが往来を騒々しく走っていくのを見た住人がおりやした。暗くて顔は見えなかったそうでやすが」

「そうか。脇長が何者かに襲われ、逃げたと思われるな。旅姿だったというのは、脇長は生きていれば旅先のどこかに向かっているかもしれねえんだな」

「ところが、脇長の家の者は誰も、部屋住みがどこへなんの用で旅に出たのか、承知しておりやせん。いなくなってから、多十郎はどこへいった、と騒ぎになったぐらいで。はええ話が、脇長はこっそり屋敷を抜け出し、どこかへ姿をくらます腹だったたんじゃあねえんでやすか」

「昼間、角丸が始末されたのを聞きつけて、脇長は自分の身もあぶねえと勘づいた。だから、姿を消したということか」

「そうはさせねえと、角丸を始末したやつらは、浅吉と脇長も、見逃しにはしなかった。すなわち、千住の寄合に押しこんだ角丸のみならず、脇長、浅吉の三人をきっちりと始末し、けりをつけるつもりだった。だが、三番目の脇長は逃げおおせたか、それともどっかで、もうくたばっていやすか」

「十分考えられるが、三人が組んでいたという証拠はあるのかい」

「三人がつるんでいるところを見た者はおりやせん。ただし、旦那が仰ったとおり、本所元町の浅吉が雇われていた船宿で訊いたところ、角丸と脇長らしき二人連れが船を頼んでおりやす。二人は六月から七月にかけて何度か船宿にきたので、女将が見覚えておりやした。船頭はむろん、いずれも浅吉でやす。八月になってからは一度も顔を見せなかったんでやすが、一昨日の夕刻……」

「一昨日の夕刻は、角丸がお久木の店で殺された日だな」

「へえ。その夕刻、脇長と思われる侍がひとりで船宿に現れ、浅吉の船頭で船を頼んだそうで。その夜更け、浅吉は土左衛門にされ、脇長は行方知れずになったというわけで」

「そうか、三番目の男は脇長に間違いねえな」

「へえ。間違《まちげ》えありやせん」

そのとき、腰障子の外でお甲の声がした。

「わたしです。遅くなりました」

「お甲、待っていた。入れ」

障子戸が開いて、草色木綿に細縞の地味な小袖に二つ折りにした女帯のお甲が、三味線を脇に抱いて、すっ、と膝を進め障子を閉めた。

お甲は、薄化粧の白い顔に薄《うつす》らと汗をにじませていた。

「だいぶ急いできたようだな」

「元柳橋からです。ちょっとでも早くと思って、息がきれました。歳ですね」

吹き流しにかぶった手拭をとり、三味線を傍らへおいて言った。そして、薄化粧のお甲の白い顔が、ぞくっとするような笑みを見せた。

「お甲姐さん、冷めておりやすが、どうぞ」

樫太郎が、新しい茶碗に急須のぬるくなった茶を淹れた。

「ありがとう、かっちゃん」

「お甲、茶より冷を駆けつけに一杯、やるかい」

「いいえ、親分、これで十分です。それより旦那、花川戸の寺吉さんから千住の一件の噂を聞いてきました」

「おお、話してくれ」

茶を一気に呑み乾したお甲は、茶碗をおいて七蔵へわずかに膝を向けた。

「寺吉さんの仰るには、千住の一件の噂の出どころは、寄合が行なわれた鮒やという茶屋の使用人らしく、使用人本人が押しこみのあったその場に居合わせましたから、間違いない話だそうです」

七蔵と嘉助と樫太郎の三人が、そろって頷いた。

「月例の寄合を差配している千住の川路屋九右衛門が、押しこみを勘定所に訴えなかったのは、押しこみが寄合ではなく、寄合のあとに開かれるご禁制の賭場を狙ったためお上に訴えられなかった、というのも本当のことのようです。押しこみに金を奪われた挙句、賭場を開いていたのだからお上にも訴えられないというのでは腹の虫が収まらないし、旦那衆の面目丸潰れです」

「だから、その筋に通じている請け人に賊探しと、やくざみてえな落とし前を頼んだってわけだな」

「というのが裏事情ですけれど、寺吉さんは、こうも仰っていました。舟運業や荷送業で表店をかまえる旦那衆が、押しこみに懐の金を奪われたからって、やくざみたいな仕かえしをするはずがない。もしそれが、万が一お上にばれたら、お店もこれまで貯めた稼ぎも失い、それこそ打ち首にさえなりかねない」

「そうだ。あぶなすぎるんだ。だから腑に落ちねえ」

「そうでやすね。そんなあぶない橋を渡って、溜飲《りゅういん》が下がっても、旦那衆にはほとんど得にならねえ」

嘉助が言い添えた。

「だけど、寄合の差配役と舟運仲間の行事役の筆頭をやっている川路屋九右衛門にとっては、そうとも言えないらしいんです」

「川路屋九右衛門に、何か不都合でもあるのかい」

「確かではないけれど妙な噂が前からある、と寺吉さんは仰っていました。押しこみに狙われた賭場のことですけれど、寄合のあとの旦那衆の賭場を開くことにしたのは、川路屋の計らいだそうです。月に一度ぐらい、商いを忘れてみなさんで楽しみましょうと言い出し、旦那衆もそれは楽しみだ、月に一度ぐらいはいいだろう、と賛同したのでしょう」

「川路屋は、十年ぐらい前に自分が案を出して寄合を開くことになったと言っていた。賭場もそのころから開いていたんだな。その賭場で旦那衆はひとり数十両から百両を超える金を懐にしていたと、おれは聞いている。二十人近い旦那衆の懐を全部かっさらえば、たった一度の押しこみで、ざっと千五百両以上にはなるだろう。それを狙ったたってわけだ」

「千五百両以上ですか。わたしたちには縁のない大金ですね」

お甲はまた微笑んで、七蔵から樫太郎、そして嘉助へ笑みを移していった。

「ああ。何度聞いても、腰が抜けるほどの大金だ」

「まったく、大金でやす」

嘉助と樫太郎が目を丸くしてこたえた。

「旦那、そんな千両以上の大金が動くお金持ちばかりの賭場を一手に仕きる胴元が、川路屋なんです。川路屋には、さぞかし大きな寺銭《てらせん》が入っていたことでしょうね」

「……そうか。おれは寄合のあとの賭場の話を聞いたとき、胴元は旦那衆が交代で務めれば文句が出ねえだろうと、勝手に思いこんでいた」

「でも、寺吉さんの仰った妙な噂は、それじゃあないんです。なんで川路屋が賭場を開くことを許らい、しかも川路屋が一手に賭場を仕きる胴元を務めることを、一廉《ひとかど》の店をかまえるほどの旦那衆が許したか、なんです」

「どういうことだ」

「どういうことかと言いますと、川路屋が寄合のあとの賭場を開くにあたり、勘定所のどなたかが内密の後ろ盾になっている、というのが寺吉さんの仰る噂なんです。賭場の寺銭は川路屋に入りますけれど、そのうちの幾ばくかは後ろ盾の礼金として、どなたかの懐に納められているのです」

「うん？」

七蔵は口を一文字に結び、嘉助は首をかしげた。樫太郎もお甲をじっと見つめている。

「賭場の年貢みたいなものだ、と寺吉さんは仰っていました。しかも年貢は、噂では四公六民《しこうろくみん》ではなく、八公二民ぐらいらしいと。勘定所のどなたかに寺銭が入る代わりに、川路屋には舟運業を営むうえのさまざまな便宜を勘定所のどなたかから受けられ、川路屋は商いがますます盛んになるという形を変えた寺銭が入り、川路屋もどなたかも、持ちつ持たれつなんです」

なんてこった、と七蔵は思いつつ、次の言葉が思い浮かばなかった。

「だから旦那衆も納得して、川路屋さんに胴元を任せ、自分らが楽しめば楽しむほど寺銭という形でどなたかへのつけ届けになり、内密とは言え御勘定所のご公認の賭場ですから咎めを受ける心配なく遊べるわけで、みんなが上手くいっていたんです。その仕組を嗅ぎつけたちょっとすばしっこい誰かが、お金持ちのひと晩の遊び金ぐらいいただいても、と考えたんです」

「お甲姐さん、御勘定所のそのどなたかは、わからねえんでやすか」

黙っている七蔵に痺《しび》れをきらしたのか、樫太郎が訊いた。

「かっちゃん、どなたかまではわからないんだよ。それにこれはあくまで噂にすぎなくて、証拠があってのことではないのさ。川路屋も旦那衆も、自分たちの商いにもかかわってくることなので、仲間同士、秘密がばれないようにしていたらしいから」

「そうか。お甲、ようやく納得がいったぜ」

と、七蔵が口を開いた。お甲と嘉助へ、苦笑いを投げた。

「勘定所の役人、川路屋、寄合の旦那衆の、誰を害するわけでもねえ、みんなに都合のいい賭場の仕組に勘づいて、押しこみに入ったやつらがいる。都合のいいことばかり考えていたみんなは、押しこみがお上に訴えられない都合の悪さに気づかされた。殊《こと》に、川路屋と勘定所のどなたかは、てめえらの都合のいい仕組に気づいたやつはどこのどいつだ、となった」

七蔵は、ひと息ついて考えた。

「みなで秘密を厳重に守ってきた、そんなことに気づける不届き者は、勘定所の中の勘定衆しかいねえ。噂など埒はなくとも、勘定衆が仕組を見破ったとなると、この不届き者は許してはおけねえ」

「その不届き者が、角丸京之進、でやすね」

嘉助が言った。

「それと、角丸に誘われた部屋住みの脇長多十郎、船頭の浅吉だ。押しこみを企てた角丸は、お上には訴えられねえ、と都合よく考えたが、川路屋とそのどなたかが、奪われた金額じゃなく、都合のいい仕組を見破った角丸らをこのまま放ってはおかねえという都合の悪さは、考えちゃあいなかった。ふん、どいつもこいつも笑わせるぜ」

言いながら、腹がたった。どいつもこいつも、てめえの都合のいいふうにばかり考えていやがる、と七蔵は思った。

「たぶん、そのどなたかが川路屋に命じた。川路屋、あの者らをこのまま放っておくわけにはいかぬ、綺麗に処理せよ、とかなんとか。川路屋のほうは、その筋の玄人に始末させます。委細、お任せを、とかなんとか申し上げた」

「寺吉さんから、馬ノ助のこともうかがいました」

と、お甲の報告は終わっていなかった。

「馬ノ助？　馬ノ助とは元柳橋の馬ノ助のことでやすか？」

嘉助が意外な顔つきを見せた。

そうだ、じつは——と、七蔵はお甲に馬ノ助と川路屋のかかわりを調べさせた経緯を明かした。

「川路屋は、馬ノ助に船着き場を広げる普請のための人寄せを頼んでいる、と言っていた。本当にそれだけか」

「それだけではなさそうです。寺吉さんは、馬ノ助が普請場の人寄せ稼業の裏で、八州の渡世人の元締や貸元らとつながりを結び、国にいられなくなったお尋ね者などを江戸の裏店にまぎれこませて匿ったり、反対に江戸から八州へ逃がしたりの仲介を、相当の仲介料をとってやっていると、教えてくれました。馬ノ助の裏稼業は、その筋では知られているようです」

「嘉助親分、知っていたかい」

「馬ノ助の悪い評判は聞いておりやしたが、そこまでやっているとは、気がつきやせんでした。八州から流れこんできた物騒な子分を大勢抱えているとは聞いておりやす」

「そうなんです。でも、馬ノ助の裏稼業を知って深入りするのは、ほんのひと握りです。寺吉さんだって詳しくは知らないし、馬ノ助はあぶない男だから、火の粉をかぶらないように、近づかないように用心している、と仰っていました。ただ、馬ノ助なら八州のどこかの始末人を仲介できるだろうとも」

「北の国からきた凄腕の始末人をか……」

「それで、花川戸から元柳橋の馬ノ助の店へ、ちょいと探りを入れにいったんです。これを持って」

と、お甲は傍らの三味線へ一瞥《いちべつ》をやった。

「そいつは、あぶねえぜ」

しかし、お甲は七蔵を見ながら微笑んで言った。

「まだ夕刻でしたが、大川に花火が上がり始めて、広小路も両国橋も人があふれ、気分が浮かれると口も軽くなるんですね。馬ノ助の使用人らしき男に、流しのふりでそれとなく話しかけたら、男がお喋りで、なんだかんだ話す中で人に言うんじゃねえぞと念押ししながら、今晩、野州のお客がくる、八州じゃあ

《白闇の連》と呼ばれている凄腕なんだぜ、と自慢げに言ったんです」

「白闇の連？　白闇の連と言ったら、旦那、御用屋敷のお役人ならご存じと思いやすぜ。八州で名の知られた掃除屋です」

嘉助が言ったが、七蔵は黙っていた。

「掃除屋？」

樫太郎が訊きかえした。

「表に出せねえもめ事を闇から闇へ葬る始末人さ。白闇の連は白昼堂々、誰にも気づかれず相手を始末する凄腕というのでつけられた綽名《あだな》だ。お甲、知っていたかい」

嘉助が言った。

「だから、旦那に一刻でも早くお知らせするために急いできたんです」

「旦那、角丸を始末したのは……」

嘉助は最後まで言わなかった。七蔵が腕組みをし、濡れ縁の先の狭い庭の暗闇を物思わしげに見つめていたからだ。

「旦那、それってもしかしたら桃木連太郎さんのことじゃあ」

我慢しきれず言ったのは、樫太郎だった。

「なんでえ、樫太郎。その桃なんとかさんとは」

「いや、その、あっしは、なんて言ったらいいか……」

お甲も、言葉を濁した樫太郎を見つめている。

「おまえさん、お茶を替えるよ。ご飯の支度もできたけど……」

障子戸の外にお米の声がした。

七蔵は腕組みをとき、障子戸へ声をかけた。

「お米、おれたちはもう出かける。気遣わせたな」

「おや、そうなんですか。これから？」

お米がそっと障子戸を開けた。

しかし七蔵は、嘉助とお甲へ険しい顔を向けた。

「これから元柳橋の馬ノ助の店へいく。本来なら、この一件は久米さんに知らせ、あとは勘定所に任す段どりだが、気が変わった。親分、お甲、樫太郎、手伝ってくれ。おれが始末をつける。これはおれが始末をつけなきゃあ、ならねえんだ。少々急ぐ。わけは道々話す。たぶん、いや間違えなく、今夜中に始末をつける」

嘉助とお甲と樫太郎が、そろって「承知」と静かにこたえた。

六

大川には夥しい涼み船が浮かび、花火が次々と打ち上げられ、人々の歓声やどよめきが波になってゆれていた。

船からは三味線の音にまじり、鉦や太鼓が打ち鳴らされ、元柳橋の川端にも岡すずみの掛茶屋などが並んで、往来する人通りはつきず、楽しげな人々の賑わいに包まれていた。

だが、元柳橋袂の、枝垂れ柳がただ一本だらりと枝を垂らした、その傍らの馬ノ助の二階家は、表の両開きの障子戸は閉じられ、明かりも消えて薄暗く、しんと静まりかえっていた。

次々と上がる橙《だいだい》の鮮やかな花火が、二階家の瓦屋根をかえって心寂《うら》しく照らし出していた。

みな出払った様子だが、橋の下の薬研堀《やげんぼり》の河岸場に、一艘の猪牙《ちょき》だけが歩みの板の杭に舫っていた。元柳橋をくぐると、薬研堀から大川へ出る。

「あの猪牙は、馬ノ助の店のものだと思います。船も一緒に船宿を買いとったと聞いています。船で出かけたのでは、ないようですね」
お甲が七蔵に並びかけ、小声で言った。
「旦那、二階の障子がはずれておりやすぜ」
嘉助が言った。出格子窓の二階の障子がひとつはずれ、窓の奥は暗がりにな
っていた。人のいる気配がなかった。
「誰もいねえのか。留守番の手下がいてもいいはずだが。ともかく、いくぜ」
七蔵のあとに嘉助、お甲、樫太郎が続いて元柳橋を渡った。
花火が盛大に打ち上げられ、喚声の中を光が元柳橋に降りそそいだ。
七蔵は表戸の腰高障子の前に佇んで、店の中の物音に聞き耳をたてた。
聞こえるのは周りをいき交う人の足音と、話し声や笑い声、大川の方から流
れてくる三味線や鉦や太鼓の音、そして打ち上がる花火の音ばかりである。
七蔵は戸をそっと開いた。
中の暗がりが、逃げ場を見つけたかのように七蔵をくるみ、生臭い臭気が漂
った。そうして、戸をゆっくり開けながら、暗がりの奥をじっと見つめている
と、前土間と店の間、二階へ上がる階段が、ぼうっと浮き上がってきた。
そのとき打ち上がった花火の明かりが、勝手の方の明かりとりから射しこみ、

一瞬、前土間と店の間を青白く映し出した。

その一瞬の光景に、七蔵は息を呑んだ。

「あっ」

お甲の声が耳元でした。

「わあっ」

樫太郎が声をたて、嘉助は低いうめき声を発した。

階段の下にも店の間にも前土間にも、血まみれの男らがごろごろと転がっていたからだ。男らは誰も、身動きせず、うめき声ひとつたてなかった。すべてが静止し、深い沈黙が覆っていた。

「みな殺しかい」

七蔵はその光景へ目を凝らし、ぽつりと呟いた。

第四章　千住大橋

一

一刻前の、夕方に近い刻限である。

川路屋の九右衛門は、元柳橋の馬ノ助に浴びせた苦言の苦みを口の中に残しながら、店の奥の離れの茶室へ向かっていた。

「まったく、役たたずが」

苦みと一緒に苛だちを吐き出した。

石畳に草履を鳴らし、数寄屋造りの茅葺《かやぶき》屋根の格子戸を開けた。

三和土《たたき》から三畳ほどの表の間へ上がり、唐紙《からかみ》の奥へ声をかけた。

「九右衛門でございます。よろしゅうございますか」

「ふむ……」

奥に声が聞こえた。

唐紙を開けると、濃い鼠色《ねずいろ》の羽織に、茶室の中にもかかわらず目だけを出して山岡頭巾をかぶったままの侍が、置物のように端座していた。

「お待たせいたしました。ただ今、茶を用意いたします。こちらには誰も参りませんので、どうぞ、頭巾をおとりください」

「このままでいい。鵜《う》の目鷹《たか》の目だ。どこに人の目があるかわからん。用心にこしたことはない」

「それはご用心のよろしいことで、ございます」

九右衛門は茶を点《た》てる支度をしながら、侍へにんまりと笑いかけた。

「元柳橋の馬ノ助だったのだろう。脇長の始末はついたのか」

「申しわけございません。まだのようでございます。馬ノ助を罵倒してやりましたが、あの愚鈍な男、もう間もなくで、と繰りかえすばかりで、まったく話になりません」

「九右衛門、それはまずいぞ。いくら雑魚《ざこ》でも、雑魚をとり逃したら角丸を始末した意味がなくなる。一文を侮る者は一文に泣く。雑魚と侮ったら足をすくわれることになりかねん。粗漏なく、三人共に口を封じておかねば」

「承知いたしております。馬ノ助にも、約束は三人まとめて、ひとりでも残っているうちは、残金は払わぬ、と重ね重ね言っております。それと、馬ノ助がくる前には、また町方が探りにまいり、あしらうのに手間どりました。同じことをぐずぐずと訊かれ、しつこい町方でございます」

「北町の萬七蔵だな」

「はい。町方のくせに妙にさばさばしている素ぶりが、怪しい男です。腹の中が読めません」

「勘定所にも昼前にきた。相手にしなかったがな。うちの御奉行が町方の御奉行に、角丸の一件の調べの助力を頼んだのだ。しばらくうるさいが、仕方がない。町方ごとき不浄役人にどれほどのことがわかるものか。そのうちこなくなる。あんたは馬ノ助をせっつかねば……」

「しかし、馬ノ助は仲介人です。馬ノ助から白闇の連やらに、催促させるしかございませんのが、歯がゆいところでございます」

「歯がゆいではすまぬことになる。たとえ地獄の果てであろうと追いかけ始末をつけるようにと、くれぐれも言っておけ」

はい――と、九右衛門は茶筅《ちゃせん》を忙しく動かした。

「それにしても、白闇の連とは腕のたちそうな名前だが、名前ほどにもない掃除屋だな。何十両も金をとりおって」

そう言って、侍は山岡頭巾をとり始めた。

「こちらに泥がかかっては、なんにもなりません。江戸にかかわりのない者にやらせるのが上策、のはずだったんでございますが、まさか縮尻《しくじ》るとは……」

「白闇の連などと、所詮は野州の山猿。その程度の腕ということか」

侍が山岡頭巾をとると、公儀勘定所組頭・谷町徳之助の顎の尖った浅黒い顔が、薄暗い茶室にぬっと現れた。


馬ノ助が元柳橋の船着き場に戻ったとき、黄昏《たそがれ》の空にやけに音の派手な花火が打ち上がった。

橋の袂の枝垂れ柳を払い、大川端の往来に戸を開いた店の前土間へ入ると、数人の手下らと女房のお辰《たつ》が出迎えた。

「あんた、例の男がきてるよ」

お辰が二階の方へたるんだ顎をしゃくって、白粉にこってりと紅を塗った唇を光らせた。

「野郎、きやがったかい。いいから、待たせとけ」

馬ノ助は、店の間の奥へ畳を鳴らし、台所に隣り合わせた内証《ないしょう》の長火鉢の前に胡座《あぐら》を組んだ。

「ふう。千住までは遠いぜ。まだまだ暑いしよ。お辰、一杯、冷をくれ。まずは、きゅうっと喉を湿らさなきゃあ、我慢できねえ。岩太と捨造にも持ってきてやれ」

出かける折りは必ず従える岩太と捨造が、馬ノ助の前に座って手拭で汗をぬぐっていた。

馬ノ助は、この岩太と捨造のほかに九人の手下を抱えている。みな荒くれの、国であぶれて江戸へ逃げてきた命知らずばかりだった。そういう者らを奉公人と称して手下に抱え、手下らに強引な人集めをやらせて普請場の人寄せ稼業を、表向きは営んでいる。

馬ノ助の普請場は恐い。賃金は、何やかやと差し引かれてまともに支払われず、人を牛馬のようにこき使う。仕事がつらくて逃げ出すと、恐ろしい子分らが追ってきて死ぬほど痛めつけられる。

殺された者もいるし、殺されたらこっそり海に捨てられるか、空き地に埋められる、とそんな噂が人足らの間でささやかれている普請場だった。

それでも食うや食わずの物乞い同然の者たちが江戸にはあふれ、粗末な今日の飯を求めて、亡霊のように集まってくるのだ。

お辰が三人の湯呑を盆に載せて、運んできた。

「あんた、残りの代金はもらってきたのかい」

お辰は長火鉢の脇へ座り、冷を満たした湯呑を、馬ノ助と岩太、捨造の順に、それぞれの前においた。

馬ノ助は湯呑をあおり、太い喉を鳴らした。

「ふう……くそ。残金はまだだとよ」

そう吐き捨てるように言って、長火鉢の縁へ湯呑を荒っぽくおいた。

「まだだって？　それはおかしいね。仕事はしたのにさ」

お辰が不服そうに赤い唇を尖らせた。

「まだ仕事は全部すんじゃいねえ。残金は仕事が全部すんでからだとぬかしやがる。川路屋の野郎、存外、金に細《こま》けえ男だ。こっちは氏家の金治郎と話をつけるのに、どんだけ手間をかけたと思っていやがるんだ」

馬ノ助は腹だたしげな呼吸を繰りかえし、呼吸のたびに、出っ張った大きな腹を波打たせた。

「あいつ、金をとりにきたんだよ。どうするの。払うのかい」

お辰が天井へ濁った目をちらっと投げ、ぶつぶつと言った。

「ちぇっ、冗談じゃねえぜ。そんなもん、払えるかい。払うのは、こっちにちゃんと金が入《へ》えってからだ。こっちが仕事を廻してやったんだ。当然だろう」

「それで承知するのかい。掛けとりみたいに落ち着いてさ。なんだか薄気味の悪い男だよ」

「野郎、ひとりだろうな」

お辰は頷いた。

「旅姿で……」

「旅姿？」

「金を受けとり、そのまま国へ帰るつもりじゃないのかい」

「中途半端な野郎だぜ。まだ終わっちゃいねえってんだ」

「それと、白猫を連れているよ。よくなついた綺麗なやつが。国まで連れて帰るつもりかね。国は野州だろう」

馬ノ助は二人の手下と顔を見合わせた。そして鼻先で笑い、

「わかった」

と言った。湯呑の残りを一気に呑み乾し、立ち上がった。

「茶は出しているな。ようし。おめえら、どすを用意しとけ。ぐずりやがったら、少々手荒に扱ってもかまわねえから、きっちり言い聞かせてやれ」

へい——と、岩太と捨造が険しい顔つきになった。

「あんた、部屋を荒らされるのはいやだよ」

「心配するねえ。ちょいと脅《おど》すだけだ。すぐ大人しくなる。残りの仕事を野郎にやらせる。残金がほしけりゃあ、脇長を見つけ出して、首をとってきなってよ。けど、お辰、念のため酒の用意はしとけ」

「あいよ」

馬ノ助は、内証の壁に祀った神棚に派手な柏手《かしわで》を打った。そして戸棚から長どすをとり出した。

「いくぜ」

と、店の間に出て階段をのぼった。

打ち上げ花火の音と光の乱舞が、階段の上に見えた。

階段を上がった廊下の奥の六畳間に、細縞の引き廻し合羽を脱ぎもせず薬屋の平一と名乗っている連太郎が端座していた。

廊下を仕きる腰障子と、大川の景色が見渡せる出格子窓の障子戸が両開きに開け放たれ、大川にすずみ船が浮かび、花火が打ち上げられ、群衆のどよめきやさんざめきが、波のように聞こえてくる。

行灯は灯されていなかったが、宵の空にはまだわずかな明るみが残っていたし、次々と打ち上がる花火の光が部屋を照らしていた。

連太郎の傍らには、大風呂敷にくるんだ旅の荷物と、網代笠。そして、股引の膝の上に、赤い紐と鈴を首につけた倫がちょこなんと乗っていた。

合羽の下は、黒の手甲、股引脚絆に黒足袋もそのままである。

連太郎の長い指が、倫の毛並をなで、膝の前に、半分ほどを呑んだ茶碗がひとつ、おかれている。

馬ノ助に続いて、岩太、捨造が廊下をゆらし部屋に入ると、連太郎は膝の倫を傍らへ下ろして頭《こうべ》を深く垂れた。ちりん、と倫の鈴が鳴った。

「おお、平一さん、待たせたな。顔を上げてくれ。そいつもまだ一緒にいるのかい。すっかりなついているじゃねえか」

馬ノ助が倫を見て薄笑いを浮かべて言い、連太郎の正面に着座した。

岩太と捨造は馬ノ助の左右についた。三人が脇へおいた長どすが黄ばんだ畳

に、かちゃ、と音をたてたので、連太郎はわずかに微笑んだ。馬ノ助は連太郎の笑みに気づき、

「千住まで出かけていたものでね。今、帰ってきた。これは用心のために提げていっただけさ」

と、長どすをわざとらしく後ろへおきなおした。

江戸市中で、町民が長どすを持つことなど許されない。

「戻られたときに声が聞こえて、おりましたので」

連太郎は笑みを消さずに言った。

「そうかい。捨造、行灯に明かりを入れろ」

捨造が行灯を灯し、部屋は淡い明かりに包まれた。

連太郎と傍らの倫が、馬ノ助ら三人と向き合った間の出格子の窓越しに、大川の夜景が広がっていた。対岸の向両国の方にも、賑やかそうな町明かりが見えている。

「平一さん、今夜こそゆっくりしていってくれ。平一さんとは、まだ一度も酒を酌み交わしたことがねえ。今、支度をさせている。積もる話もあるし、こいつらも平一さんの、いや、あえて言わせてもらうぜ、八州に名のとどろく白闇

の連の話を、聞きたがっているんだぜ。それに……」

「お気遣い、ありがとうございます」

と、連太郎が黙礼して馬ノ助を制した。

「ですが、馬ノ助さん、次の仕事があります。江戸には長くいすぎました。宇津宮に戻らなければなりません。これからたちます」

「これからだと、夜更けになるぜ」

「今夜、できれば草加あたりまで、いくつもりでおります」

「そうかい。そいつは残念だ。角丸を見事に始末したあの様子を、聞かせてほしかったんだがな。そうかい、たつかい。名残惜《なごりお》しいが、仕方がねえ」

馬ノ助は両脇の岩太と捨造を交互に見て、頷き合った。

「というわけで、馬ノ助さん、残りの半金をいただきにあがった次第です」

馬ノ助はすぐには言わず、連太郎を平然と見つめた。岩太と捨造も動かなかった。口も挟まなかった。

打ち上げ花火が上がる間隔がだんだん短くなり、鮮やかな光だけではなく、夜空にはじける音が続けざまに起こった。

「おめえら、障子を閉めろ。少々うるせえ」

馬ノ助が次に言ったのは、それだった。岩太が大川側の障子を閉め、捨造が廊下側の障子を閉めたので、外の騒々しさが少しだけやわらいだ。

馬ノ助が腕組みをし、喉をこするようなかすれたうめき声をもらした。それからおもむろに、「平一さん」と、口をきった。

「残りの半金の件だがな。しばらく、待ってくれねえか。はっきり言うとだ、じつは今、手持ちの金がねえ。つまり、ねえ金は払えねえから、金ができるまで、待ってもらうしかねえってわけだ」

連太郎は目を伏せていた。倫が連太郎を見上げ、小さく鳴いた。出格子窓の障子に、花火が絵模様を映した。

「馬ノ助さん、仕事を頼まれ、頼まれた仕事をやり終えました。仕事の前に半金をいただき、この仕事は、仕事がすむとなるべく早く、仕事の場所から離れるのが鉄則です。氏家の金治郎親分との初めの交渉で、一両日のうちに残りの半金を支払うと約束を交わしたはずです。物の売り買いと同じです。わたしどもは掛売りをいたしません。お支払い、いただきます」

連太郎がゆっくり目を上げ、馬ノ助に穏やかな眼差しを向けた。

隣の捨造が、喉骨を震わせて喉を鳴らした。

馬ノ助が低い笑い声をこぼした。

「約束はそうだ。だが平一さん、勘違《ちげ》えしちゃあいけねえ。おれは金治郎さんに書状で伝えてある。金が入り次第、一両日もかからず即座に払うと。ところが、金がまだ入っていねえから、一両日だろうが即座だろうが払う金がねえ。だから待ってくれ、と言っているんだ。それだけのことさ。むずかしい話じゃねえだろう」

「今の言い分は、仕事の話ではありませんね。わたしは馬ノ助さんと、仕事以外の話をする気はないのです。どの依頼人に対しても、そうなのです。依頼人との間に私情がからむと、仕事に何くれと支障が生じるからです。わたしは今この場で、半金の十五両の支払いを受け、引き上げます。今さら、よけいな手間をかけるのはやめましょう」

馬ノ助は腕組みをし、眉間に深い皺を刻んだ。

「いいかい。おれはな、ただの仲介人なんだ。おれが白闇の連に角丸という腐れ役人をばらしてくれと、頼んだわけじゃねえ。千住の川路屋九右衛門の頼みでおれが氏家の金治郎に仲介し、あんたがきた。頼んだ川路屋が金を払わねえから、仲介人のおれには金がねえ。ない金は払いたくとも払えねえだろう。餓鬼でもわかる道理だ。そうだろう、平一さん」

「仲介人の仕事に口を挟む気はありません。馬ノ助さんがどういう仲介をなさろうが、そちらの勝手だ。わたしは掃除屋と言われています。始末人と呼ぶ者もいます。邪魔なごみ掃除をするのです。掃除の代金を、いただきます。始めの約束どおりに代金を払わないのなら、初めに言うべきでした。初めにそれを聞いていれば、わたしどもは掃除をしなかった」

　連太郎は表情を変えず、淡々と言った。

「ですが、掃除は終わりました。ない金は払えない、という道理はわたしどもの掃除代にはないのです。馬ノ助さんはわたしに半金を払い、あとでゆっくり川路屋九右衛門から仲介料をとればいいのです」

「餓鬼みたいに、ぐだぐだと駄々をこねるんじゃねえよ。払う金がねえんだから、ねえ金を払え払えと繰りかえしてなんになるんだ。ちいと呑みこみが悪いんじゃねえか」

　と、馬ノ助が急に語調を変えた。途端に目が吊り上がり、顔つきはいっそう険しくなった。左右の岩太と捨造が、上目使いに平一を睨んでいた。

「困ったな、別嬪さん」

連太郎は傍らの倫へ目を落として言った。

倫がまたじゃれるように鳴いた。

二

「じゃあ、それでいいな。わかったら帰《け》えんな。払えるときがきたら、国に知らせてやるからよ。それまで楽しみにして待ってろ」

馬ノ助が険しい顔つきのまま、吐き捨てた。

「馬ノ助さんは、それでいいんですね」

連太郎が、いっそう声を落として念を押した。

「おめえ、女みてえにねちねちと、しつこい男だな。白闇の連の名が泣くぜ。話は終わりだ」

「親分が仰っているだろう。ぐずぐずするねえ」

岩太が声を荒らげた。

馬ノ助と、岩太と捨造らも、連太郎の顔つきが不気味な青白さに変わっているのに、気づかなかった。

「では、馬ノ助さん、仕方がありません。代わりの物をいただいてお暇《いとま》いたしましょう。代わりの物を持っていき、氏家の金治郎親分に事の次第を話さなければなりません」

連太郎は静かに言った。

「最初からそう言やあいいんだ。やっと、頭に血が廻《めぐ》ってきたかい。手間のかかる野郎だぜ」

馬ノ助と二人の手下がせせら笑った。

「代わりの物はなんだ」

「落とし前をつけたと、氏家の金治郎親分に見せる、馬ノ助さんを始末した証拠の品です」

「なんだと、てめえっ」

岩太が長どすをつかんで片膝立ち、柄に手をかけた。

「くわあ、この野郎、ふざけた野郎だぜ」

捨造も片膝つきになって、畳を震わせた。

馬ノ助は連太郎を睨んで、勿体《もったい》をつけて動かなかった。

どどおん……どどおん……

花火の音のたびに、わああ、わああ……とあがる見物人のどよめきが、つきることなく続き、白い障子に色鮮やかな一瞬の光が映り、たちまち儚《はかな》く消えていった。

「別嬪さん、あぶないから部屋の隅へいってろ」

連太郎は端座の姿勢を変えず、傍らの倫にささやきかけた。

聞き分けよく、倫はすっと身を起こして部屋の隅へいった。部屋の隅の暗がりから、光る目で連太郎を見かえった。

やおら、馬ノ助の太い腕が長どすにのびた。長どすを左手に携えたとき、かちゃ、と鍔が鳴った。

「おれを始末した証拠の品をかい。てめえ、ここをどこだと思っていやがる。宇津宮の田舎じゃねえんだぜ。江戸のど真ん中で、いい度胸をしているじゃねえか。ほしきゃあ、腕ずくで持っていくんだな」

馬ノ助が低い声を凄ませた。

連太郎は端座したまま顔を伏せ、もう何も言わなかった。

岩太と捨造へ、馬ノ助が目配せを送った。

「手間のかかる野郎だ。きな」

最初に廊下側の捨造が立った。

引き廻し合羽の肩をつかみかけた刹那《せつな》だった。

連太郎は、捨造の手をさけるように身体をひねり、片膝立ちになった。

合羽の裾を素早く払い、博多帯の後ろに帯びた一尺七寸三分の仕こみを逆手に抜き放っていた。

合羽の裾が広がりながら、ふわりと翻り、行灯の薄明かりが合羽の風を受けてゆらめいた。

白刃を行灯の薄明かりにからみつかせた途端、ばさっ、と捨造の手首から先が連太郎の肩をわずかにすべって畳に落ちた。

「あっ」

捨造がひと声もらした。

すぐに続いた獣のような悲鳴を、打ち上げ花火の音がかき消した。

捨造は腕を抱えて身体を仰《の》け反らせ、障子を突き破った。

廊下に転倒し、「やられたあ、やられたあ……」とのた打った。

岩太は捨造の悲鳴より先に、長どすを抜きながら身体を起こしていた。

背丈は低かったが、胸板が厚く腕の肉が盛り上がっていた。

「おらあっ」

抜き放った長どすを頭上でふり廻し、切先が低い天井をこすった。

それをものともせず、力ずくで打ち下ろしてくる。

その目の前を連太郎の合羽が、ばん、と音をたてて覆った。

行灯の炎が、翻った合羽にあおられて吹き消された。

岩太の力ずくの一撃は、合羽を払いのけるように空を斬り、切先が荒々しく畳を叩いた。

瞬間、連太郎はかがんだ姿勢を鋭く回転させ、岩太の一撃の下をくぐり、岩太の厚い胸板に仕こみを這《は》わせた。

鋭い刃が斜行し、分厚い血肉を瞬時に斬り分けていく。

流れた体勢をたてなおした岩太の厚い胸板に、異変が走った。

鋭い刃に裂かれた岩太は、即座には気づかず、行灯のそばに片膝をついてうずくまった連太郎の黒い影へ一歩を踏みこんだ。

そこで異変に気づいた。裂けた前襟の間から、ぼっ、と音が聞こえ、血が胸先へあふれた。

どどおん……

大川で打ち上げ花火がはじけ、障子に映った光の模様が、血とは思えないような色を映し出した。

途端に力が抜け、後ろへよろける身体を、一歩二歩退いて支えたが、背中が出格子窓の障子戸を破った。それでも長どすは放さず、潰れかけた障子戸に凭《もた》れ、くずれ落ちるのを堪えた。

「くそが」

馬ノ助が連太郎の黒い影へ、大きく踏みこんだ。

行灯の傍らに亡霊のようにのび上がった漆黒の影へ、馬ノ助が雄叫《おたけ》びを発して襲いかかった。

連太郎の仕こみが馬ノ助の荒々しい打ちこみを、がん、と撥《は》ねかえす。

打ちこみが廊下側へ流れた束の間、仕こみを翻して障子戸に寄りかかった岩太の首筋へ一閃《いっせん》を走らせた。

岩太は声もなく、分厚い身体を支えた両足をすべらせ、窓ぎわに尻餅《しりもち》をつくように、ずるずるとすべり落ちた。そのはずみで、岩太の首が転げ落ち、部屋の隅の倫のそばへ転がった。

倫がじっと、岩太の首を見下ろしていた。

馬ノ助は岩太の首が落ちるのを見て、肝を潰した。

ぱぱあん、どおおん……

と花火がはじけた瞬間、破れ障子に映った光の花が連太郎の瘦軀《そうく》をくっきりと隈どった。黒い影の中で連太郎と目が合い、青く燃える目が見えた。

「ひゃあ……」

悲鳴を発し、障子を突き破って馬ノ助は廊下へ逃げた。

その背中に仕こみを袈裟懸けに浴びた。馬ノ助の着物がひと筋に裂け、

「あちぃ」

と、身体を反らせて廊下に転がった。

だが、すぐにあがいて身を起こし、階段の方へよろけつつも逃げていく。

馬ノ助を追って連太郎は廊下へ飛び出た。その背後より、片手を落とされた捨造が、立ち上がって斬りかかってきた。

片手一本で長どすをふり廻した。

ふり向きざま、身体を畳んで長どすに空を斬らせ、捨造の胴から胸先へざっくりと斬り上げた。

長どすをふり廻した勢いのまま廊下を挟んだ往来側の部屋へ、捨造はたたら

を踏んだ。いったんは堪え、廊下の連太郎へくるっと向きなおったが、そこで力がつきたかのようにくずれた。

往来側の明かりとりの障子戸にぶつかり、ぐにゃりと潰れた。

障子戸がはずれて捨造の上に倒れた。

と、斬り口から噴き上がった血が倒れた障子にあたって、ぶぶぶ、と暗がりの中に音をたてた。

馬ノ助はその束の間の隙に、階段へ逃げることができたのだった。

捨造を斬り捨てた連太郎は、よろける足どりで逃げる馬ノ助の背後にたちまち迫った。

馬ノ助は慌てて足を踏みはずし、店をゆらして階段の下まで転げ落ちた。

階段の下で身悶《みもだ》える馬ノ助を、手下らが口々に喚き助け起こした。

そこへ連太郎が板階段を踏みしめ、一段一段と下りてくる。

二人が血相を変え、長どすをかざし、前後して階段を駆け上がった。

前の男のふり廻した長どすを躱《かわ》しながら胴を横薙《な》ぎにし、続く男が襲いかかるよりも早く刃をかえして顔面を斬り裂いた。

前の男が階段の手すりにすがって転落を堪えている間に、二人目はごろんごろんと転がり落ちた。手すりにすがった男は身を支えきれず、手すりに凭れかかってゆっくりひと回転し、転落した。

「きやがれ、ばけもの」

ひとりが長どすを震わせ、階段の下で叫んだ。

待ちかまえる男たちの中に、素槍《すやり》を手にした者がいた。

「それえっ」

と、素槍を突き上げた。

すると、連太郎は階段の途中から身を躍らせ、合羽を羽のように翻し、見上げる男らをひとっ跳びに飛び越えたのだった。

穂先が板階段を貫いたとき、連太郎は店の間へ降り立っていた。

途端、ふりかえる男らの二人を左右に斬り飛ばした。間髪入れず一気に踏みこみ、槍の男がもたついてかえしたところの握りを真っ二つにし、額から顎の下までもろ共に斬り落とした。

次々と、悲鳴と血飛沫が上がった。ひとりは店の間の壁まで転げ、ひとりは前土間へ吹き飛んだ。

槍の男は仰《あお》のけに、階段の一段目を枕に大の字になった。

馬ノ助は怯え、残る手下らに「やっちまえ」と叫び、自分ひとりは転げ廻り這いながら、内証まで逃げた。

「お辰、かか、金箱を出せ。逃げるぞ……」

金きり声で喚く蒼白のお辰と馬ノ助は、内証の戸棚の床下に仕舞った金箱をとり出しにかかったが、用心に荷物で隠していたため、荷物が散乱するばかりでなかなかとり出せなかった。

店の間では、どすどす、と音をたてて床がゆれ、男らの悲鳴や怒声が乱れ飛び、二度ほど刀が触れ合い、それから静かになった。

馬ノ助とお辰は顔を見合わせ、店の間の方へふりかえった。

途端、どどど、と床が鳴って二人の手下が内証へ逃げこんできた。

連太郎が引き廻し合羽を翻し、内証へ踏みこんだ。

手下の二人は連太郎に身がまえたが、怯えて戦うことはもうできなかった。

連太郎は恐怖に震え喘ぎ声を引きつらせているひとりを、逆手に斬り上げ、そして止めに斬り下ろした。

葭簀《よしず》張りの引戸を突き倒して逃げるひとりを隣の台所へ追い、背後から容赦なく斬り捨てた。

手下は身を仰け反らせて勝手の土間へ転げ落ち、桶や壺《つぼ》を並べた棚にすがりついて立ち上がろうとしたが、棚もろ共にくずれ落ちた。

馬ノ助とお辰は、その隙に金箱など捨てて逃げればよかった。

だが二人は、金を捨ててはいけなかった。

床下から必死に金箱をとり出し、ふりかえった途端、血のしたたる仕こみを垂らした連太郎が、二人をじっと見下ろしていた。

馬ノ助とお辰は、「ひぃ」と声をあげた。

二人に逃げ場も、逃げる隙もなかった。

「へ、平一さん、かか、金です。どうぞ、ぜ、全部、持っていってくだせえ」

馬ノ助がお辰の抱きかかえた金箱を強引に奪いとると、中から小判や銀貨がじゃらじゃらとこぼれた。

お辰が金きり声で喚き、小判を拾い集め始めた。馬ノ助がそんなお辰の丸髷を鷲《わし》づかみ、

「てめえ、白闇の連さんの金に、触るんじゃねえ」

と、引き倒した。

それから馬ノ助は連太郎に向いて這いつくばり、頭を畳につけてこぼれた小

判や銀貨を両手で連太郎の方へ押しやった。

金貨銀貨が、かちゃかちゃ、と触れた。

「どうぞ、全部……」

馬ノ助の声が震えていた。

「残金は、十五両だ……」

斬り合いが始まり、連太郎が初めて声を発した。

それから、逆手に携えた血まみれの仕こみを差し上げた。

逆手に握った仕こみが、呼吸に合わせてかすかにゆれていた。

うずくまった馬ノ助のうなじに仕こみを突きたてた。

馬ノ助は奇妙な息を吐き、手足をじたばたさせたが、大人しくなるまでにときはかからなかった。

そのとき、お辰と目が合った。お辰は悲鳴をあげた。立ち上がって逃げるお辰の背中へ、仕こみを一閃させた。

お辰の悲鳴は、恨みがましく小さくなった。それから倒れるまでに、二度くるくると舞った。

「誰も生かしちゃおかない。ごみは全部、掃除する。それがこの仕事の、決まりだ」

連太郎は止めを刺す前にお辰を見下ろし、そう言った。

花火が次々と打ち上げられ、三味線や鉦や太鼓が鳴らされ、群衆のどよめきや喚声はつきず、明かりとりから射す光の乱舞が、店の中に転がる幾つもの骸《むくろ》を色鮮やかに彩っていた。

八月の二十八日まで許された両国川開きの賑わいが、店の中のみな殺しの惨劇を包み隠した。

連太郎は勝手の流し場の瓶の水で仕こみを洗い、かえり血をできる限りぬぐいとった。

倫の大人しい鳴き声が聞こえ、連太郎はふりかえった。

いつの間にか、倫が二階から下りてきて、台所の板敷の上がり端で連太郎を見守っていた。倫の白い毛は、少しも血に汚れていなかった。

「別嬪さん、江戸の仕事はすんだ。国へ帰るぞ」

笑いかけると、倫が上がり端から連太郎の胸へ飛びこんできた。首輪につけた鈴が、ちりん、ちりん、と可憐に鳴った。

「心配したか、別嬪さん。大丈夫さ。一緒に帰ろう」

連太郎は倫の白い毛並をなでた。

「すぐ支度をしてくるから、ここで少し待っていてくれ。旅だつ前に、ちゃんと火の用心をしなきゃあな」

倫が連太郎の腕の中で、小さく鳴いた。

三

七蔵と嘉助、樫太郎が河岸場に舫う猪牙に乗り、お甲が吹き流しの手拭をそよがせ、櫓を握った。

河岸場から元柳橋をくぐり、大川に浮かぶたくさんのすずみ船やうろうろ船の間を縫い、打ち上がる花火と人々の賑わいの中をするすると漕ぎのぼっていった。

「掏摸や盗人はね、櫓ぐらい操れないといい働きができないんです。子供のときからお父っつあんに、掏摸の技と一緒に仕こまれたんです」

お甲の操る櫓さばきは巧みだった。

猪牙は両国の賑わいからたちまち遠ざかり、浅草の吾妻橋をくぐると、花火の音はいつしか遠い夜空に小さくなっていた。

夜の静寂が隅田川の川筋を覆い始め、櫓が軋り、船縁を叩く波が小さな音をたてた。樫太郎が舳《みよし》でをかざす提灯が、暗い川面を照らしていた。

七蔵のほつれた毛を、冷たく湿った川風がそよがせた。

「旦那、間に合いますかね」

七蔵の後ろのさなに座った嘉助の低い声が、静寂をかすかに破った。

「間に合うさ。白闇の連は倫を連れている。旅には足手まといだ。きっとやつは遅れる」

七蔵は夜の闇に向かって言い、間に合うさ、と自分に言い聞かせた。

「白闇の連は、本当にひとりなんでやすか。たったひとりで、あんなに人が斬れるもんなんでやすか」

嘉助が言うと、樫太郎が七蔵を見つめ、お甲の操る櫓が軋んだ。

樫太郎もお甲も、七蔵の言葉を待っているかのようだった。

「親分、白闇の連はおそらく尋常な男じゃねえ。きっと、やつはばけものの血筋なんだろう。親分、わけ知りなことを言うようだが、人はみなばけものの素性を抱えて、それを心《しん》の底に仕舞って生きているんじゃねえかと、おれは思うんだ。それはずっと、心の底に仕舞っておかなきゃあならねえ、おのれ自身なんだが……」

七蔵は、嘉助や樫太郎やお甲にではなく、自分にこたえるように言ったが、言葉が続かなかった。

連太郎、やっぱりもう一度、おまえに会わなきゃならねえ羽目になったぜ。おまえの心底のばけものを、見せてもらうぜ。七蔵は暗い川筋を見やって思った。

それから千住大橋の河岸場まで、誰も何も言わなかった。

重たい沈黙が続き、ただ櫓が軋み、船縁を波が叩いた。

花火に気をとられて気づかなかったが、高天の星空が川筋を果てしなく覆っていた。魚が川面の近くで、元気に跳ねる音が聞こえた。

やがて、暗い隅田川の先に、川を跨ぐ千住大橋が夜の帳にまぎれつつ、ぼんやりと浮かんで見えた。千住の宿場の賑わいは果て、あたりには更けゆく夜のときが、川の流れのように静かにすぎていた。

猪牙が河岸場に着き、千住上宿下宿十町のうちの、大橋北の掃部宿の往来に七蔵たちは上がった。

幾つかの店の明かりが、掃部宿の往来にこぼれていた。橋の南方は小塚原町で、そこにもまだ、ぽつりぽつりと明かりは見える。

だがもう、すべてが眠りにつく刻限だった。

七蔵は橋の袂へ進み、大橋の南の方を睨んだ。

大橋は、ゆるやかな反りを描いてのび、小塚原町にいたる橋詰のあたりは闇に隠れて見えなかった。

橋の上の星空だけが、静寂で美しく輝いていた。

嘉助とお甲と樫太郎は、大橋をじっと睨む七蔵の後ろに並んでいた。

七蔵たち四人のほかに、大橋にも往来にも人影は途絶えている。

「旦那、どういう段どりで」

樫太郎が片手に提灯をかざし、片手に目明し十手を握り締めていた。

七蔵は、嘉助、お甲、樫太郎の順に見廻した。

「白闇の連は必ずくる。やつを江戸の外へ逃がすわけには、いかねえ。おれはここで、白闇の連を迎え撃つ」

「へい。指図をお願《ねげ》えしやす」

嘉助が言った。嘉助は素手だが、鉤縄《かぎなわ》を使う。吹き流しのお甲が抱える三味線は仕こみになっている。だが七蔵は言った。

「ただな、親分。ここへくる前に言ったとおりだ。これはお上の、町方の仕事じゃねえ。おれがやらなきゃならねえし、おれにしかできねえ事なんだってな」

七蔵はひと呼吸おいた。

「これは命令だ。おれに何があっても、みんなはいっさい手を出しちゃならねえ。なんでおれにしかできねえか、わけは上手く言えねえ。けどな、しいて言えば、白闇の連はおれの幼馴染みで死んだ女房の兄だ。やつに仕舞いをつけるのは、たぶん、おれにしかできねえ。そんな気がするだけだ」

そう言って、七蔵は黒羽織と一文字笠を脱いだ。

「お甲、こいつを持っていてくれ」

黒羽織と笠をお甲に渡した。

「はい……」

そして七蔵は、二刀と一緒に帯に差した朱房の十手を抜くと、

「嘉助親分は、これを預かってくれ」

と、差し出した。

「こ、これは。いいんでやすか」

嘉助が戸惑うように言いかけた。

「いいんだ。町方の仕事じゃねえと言ったろう。樫太郎、今夜の顚末《てんまつ》を、ようく見ておけ。おめえがいずれ描く読本の、いい種になるぜ」

七蔵は、涼やかな笑みさえ見せて樫太郎に言った。

「旦那……」

七蔵は大橋の南方へ、また向きなおった。そうして白衣を尻端折りに、しゅっと取った。さらに大刀の下げ緒で襷をかけた。

襷をかけ終わると、七蔵は腕組みをし、大橋の袂に立った。

左右に開いた長い脛《すね》を踏ん張り、紺足袋につけた雪駄を地面にこすった。

それから橋の南方を見つめ、石像のように佇んだ。

静かにときが流れるのを待った。

そうして、じりじりとしたときがすぎた。

長いときがすぎたあと、厚い闇や、輝く星や、豊かな川の流れや、深い静寂の彼方から、可憐な鈴の音が、聞こえては途ぎれ途ぎれては聞こえてきた。

「あ、あれは」

樫太郎がぽつりと言った。

それを合図に、腕組みのまま、七蔵は大橋の中央へゆったりと進み始めた。

鈴の音がだんだんと近づいてきたが、鈴の音は聞こえても、闇に隠れた大橋を渡ってくる人影は、見えなかった。

七蔵は橋の半ば手前で、歩みを止めた。

すると、ちりん、ちりん、と鳴る鈴の音と共に、暗闇の先に白い小さな何かがぼんやりと見えてきた。

白い小さな何かは、少し進んでは立ち止まり、左右の様子をうかがい、後ろを気にし、後ろ髪を引かれるかのように歩みをためらい、考える素ぶりを見せていた。

そのたびに、赤い紐の首輪につけた小鈴が、物思わしげに鳴った。

それからまた橋を歩み始め、七蔵が見つめる暗い橋の先に、だんだん、だんだん、白い毛並が認められるようになった。だんだん、だんだん……

「りんっ」

七蔵が呼びかけた。

倫の動きがぴたりと止まり、光る目が七蔵へ向いた。

止まった倫の後ろへ目を凝らしていると、人影がぼんやりと浮かび出てくるのがわかった。

「連太郎、待ったぞ」

七蔵は腕組みをとき、後ろの人影に声を投げた。

倫は七蔵から光る目をそらさなかった。

後ろの人影は、引き廻し合羽に深々とかぶった網代笠、大風呂敷に柳行李をくるんだ背中の荷物が見分けられるあたりまできて、歩みを止めた。

「七蔵、やはりわかったか」

連太郎が、暗がりの奥から張りのある声をかえした。

倫が連太郎へ頭を廻らし、また七蔵へ見かえった。

「わかるさ。倫が教えてくれたのだ。角丸殺しも、馬ノ助らのそれもな。おまえが白闇の連だったとは、驚いた。ずいぶんと殺したな」

「仕方がなかった。これがおれの生業だ。殺《や》るときは、容赦しない」

「仕方がなかっただと？　人の命を救う医者が、人を仕方なく殺すのか」

「町方やお上も殺すだろう。同じ仕事だ、七蔵」

「一緒にするな。おまえは人殺しのばけものになった。それだけだ。桃木先生やおまえのおっ母さんや妙が生きていたら、どれだけ悲しむと思う」

「詮《せん》ないことを、今さら言うな。親父もお袋も、妹も死んだ。おまえと世間の道理の話をする気はない。そこをどけ、七蔵」

二人の眼差しが暗い橋の上に交錯した。倫が二人の間を動かず、どちらにゆくべきかを迷っていた。

「倫を連れていく気か」

七蔵は、沈黙をおいて言った。

「別嬪さんが、七蔵の飼い猫だとは思わなかった。惚れ合った仲だ。悪いがもらっていく」

「連太郎、倫は深川生まれの深川育ちだ。江戸の外に出たことがない。おまえとは、生きる居どころが違う」

「江戸から逃げて、わかったことがある。見知らぬ他国であれ、見知らぬ他人とであれ、そこで生きると決めたら生きられるものさ。どう生きるか、傍からとやかく言うことではない。七蔵、江戸しか知らぬのはおまえだろう」

倫は、七蔵と連太郎を交互に見ていた。

「そうかもな。なら、なおさらのことだ。倫はおまえとはいかない。江戸に残る。倫、いい加減にしろ。さっさと八丁堀へ帰れ」

七蔵が声を響かせた。

七蔵に叱られ、倫はぴくと首をすくませた。短いためらいのあと、頭を垂れてゆっくりと七蔵の方へ歩んできた。しかし、途中から早足になり、七蔵の足下までくると、ひと声鳴いて白くやわらかい毛並を七蔵の脛にすり寄せた。

七蔵は倫を睨み下ろした。

「この浮気者……ここはあぶねえ。後ろへ退《さが》ってろ」

そう言うと、倫はすごすごと七蔵の後方へ離れた。

一度ふっと立ち止まって七蔵へふりかえったが、橋の袂に「倫っ」と、樫太郎の呼び声が聞こえると、一目散に声の方へ駆け出し、樫太郎の腕の中に飛びこんだのだった。

「決まりだ、連太郎」

「ふん、江戸者が頑固なのは知っている。好きにするさ。未練はない」

連太郎が、さばさばとした調子で言った。

七蔵は雪駄を脱いだ。紺足袋で橋板を踏みしめ、

「倫と同じ、おれも江戸しか知らねえ頑固な江戸者だ。白闇の連、おめえに千住大橋を渡らせるわけにはいかねえ」

と、町方言葉で高らかに言った。

「よかろう。友は友、役目は役目。おれがおまえなら、同じことをする。恨みはしない。七蔵、今夜が今生《こんじょう》の別れだ」

連太郎が背中の荷物を下ろした。それから、引き廻し合羽をはらりと翻して脱ぎ捨てた。網代笠に尻端折りの連太郎の旅姿は、寸分の隙もなかった。

黒々とした精悍《せいかん》さが漲《みなぎ》っていた。

七蔵が刀の柄に手をかけ、鯉口《こいぐち》を先にきった。膝をやわらかく折り、抜刀の体勢をとった。

それに応じるかのように、連太郎は身を低くして右手を背中へ廻した。

見慣れない奇妙な体勢だった。

だが、妖気のような殺気がたち上っていた。

「剣はどこで修行した」

七蔵は、一歩、一歩、踏み出しながら言った。

「お峰と別れ、無宿渡世の日々を生きた。生きたいのではなく、ただ死ねなかったのだ。やくざの出入り場を渡り歩き、助っ人稼業で生きのびた。いつ死んでもいいと思って斬り合った。命を捨ててかかれば、どうにかなる。出入り場がおれの修行の道場だ」

連太郎も歩み始め、草鞋が橋板をこする音がした。

「斬り合いは道場の稽古《けいこ》とは違う。道場ではおまえは強いかもしれぬが、命のやりとりの場数では、おまえはおれにはおよばない。立ちはだかるやつはみんな斬った。幼馴染みの七蔵だろうと同じだ。邪魔をすれば斬り捨てる」

「それでいい、連太郎。親父とお袋を亡くし、剣の修行にのめりこんだときから、生き死にのわずらいは捨てた。じいさまにそう生きよと、教えられた」

七蔵は大刀を、からり、と抜き放った。星明かりの中で刀身が、ぬめるような暗い光を放った。

連太郎が背中の仕こみを逆手に引き抜き、いったん、夜空へ突き上げた。それを脇へ流れるように下げ、大橋の真ん中へ突き進んだ。

七蔵は上段へとり、同じく大橋真ん中へ迫った。

歩みが次第に早くなり、二人はたちまち肉迫し、大橋の真ん中で激突した。

四

大橋の大きく反った天辺で二つの刃がうなりを上げて打ち合ったとき、双方の間は一間もなかった。

七蔵が先に仕掛けた。

「ええいっ」

上段よりまっすぐに、大きく打ち落とし、

「やあっ」

と、怯むことなく連太郎の仕こみが、それをはじき上げた。

激しく咬《か》み合った鋼《はがね》の音が、夜空の彼方へかき消えていく。

はじき上げられた剣を頭上で翻し、即座に二の太刀《たち》を浴びせかけた。それを連太郎はかえす刀で薙ぎ払い、逆手の胴抜きを狙う。

七蔵は、素早く流れのままに脇へ一歩、胴抜きを逃れた。そこで足を踏ん張り、踏ん張った足を軸に身を躍動させた。

胴抜きの刃は、着物をわずかにかすめただけだった。

三たび上段へとって打ちかかる。すると連太郎は七蔵の脇へ飛び退《の》き、飛び退きざまに逆手斬りの斬り落としを見舞ってくる。

一閃が七蔵の左肩すれすれに走り、ぶうん、とうなりを生じた刃の風が七蔵のほつれ毛を震わせた。

それを片膝づきに身体を折って逃れた即座、刀をかえし斬り上げた。

「ふむっ」

連太郎が身を弓のようにしならせ、斬り上げる一撃を、かあん、と払った。しなりを反転させ、右から左、左から右へと逆手を回転させ、矢継ぎ早の凄まじい逆襲を始めた。

七蔵は連太郎の逆襲を打ち払い、懸命に身を躱しつつも、じりじりと後退を余儀なくされた。

攻める側も防ぐ側も、少しでも間と機を誤れば、刃が襲いかかる。

相討ちを恐れぬ、むしろ相討ちから活路を見出す実戦の殺法と知れた。

五合、六合と斬り結び、打ち合い、間断なく襲いかかる連太郎の目が、怒りに燃えていた。

七蔵はかろうじて防ぐ一方、反撃の隙をうかがった。

何合目かのとき、連太郎の攻勢にわずかな隙がのぞいた。その途端、

「こい、連太郎」

と、叫んだ。

七蔵は踏み止まり、浴びせられた一撃を音高く撥ね上げた。

「おおっ」

連太郎は体勢をくずし、身を大きく仰け反らせた。

かぶっている網代笠が、撥ね上げた七蔵の切先に吹き飛ばされた。網代笠が星空に飛んで、黒い隅田川へ舞い落ちていく。

七蔵はすかさず追い打ちに転じ、袈裟懸けを浴びせた。

だが連太郎は、軽々と後方へ躍動し、とん、と下り立ったときは体勢をたてなおしていた。逆手の仕こみをかざしなおし、七蔵の反撃に身がまえた。

「さすがは七蔵、凄いな」

連太郎が、荒い息の中から言った。

「若いころから、おまえの剣の評判をよく聞いた。歳をとって、さらに腕を上げたか」

七蔵は正眼にかまえ、じりじりと間をつめにかかった。

連太郎は、七蔵の次の攻めを待つかのように動かなかった。

「連太郎。なぜ、白闇の連になった」

「人は変わる。変わらなければ、野垂れ死にだった。いっそ死んでしまいたかったが、腹が減ると飯を食いたいという欲だけは、腐れ縁の女のようにからみついて離れなかった」

連太郎は薄い笑みを浮かべた。そして、肩をゆるやかに上下させた。

「ある宿場で闇の仕事を仲介している男が、腹をすかせたおれを誘った。この仕事に腕自慢はいらぬ。金も二の次だ。この仕事の肝心要《かなめ》の肝は、おのれの命を捨ててかかる性根と、約束を守る容赦なさだと」

「おめえは桃木先生の、自慢の倅だった。剣術しかできねえおれとは、できが違った。餓鬼のころ、おめえはおれに立派な医者になると約束した。その約束はどうした。守らねえのか」

連太郎は沈黙した。ただ、物悲しげに眉をひそめた。

七蔵はさらにじりじりと間をつめた。

「変わらぬな。昔の七蔵のままだ。おまえはおれの遠い思い出だ。おまえを斬りたくはない。そこをどけ、七蔵。おれはこの橋を渡って国へ帰る。おまえは江戸へ帰れ」

「だめだ、連太郎。この橋は渡さねえ。桃木先生やおめえのおっ母さんや、妙のためにもな」

七蔵が言い放った。

そのとき、ほんのかすかな吐息さえ聞こえそうな深い静寂が二人を包んだ。

次の瞬間、同時にふり放った二刀が高らかに打ち合い鳴って、夜空の下で火花を散らしたかのようだった。


千住大橋の二人の戦いを、大橋から北へ離れた掃部宿のはずれの酒亭の亭主が見ていた。酒亭は看板の刻限はとっくにすぎていたが、店の定客と話がはずんで、珍しく店仕舞いが遅くなった。

定客が帰り、酒亭の軒に下げた提灯を消したとき、往来のだいぶ向こうの千住大橋のあたりに、小さな明かりと人影が見え、さらに暗い大橋の中ほどで、人の蠢《うごめ》く姿を認めた。

そして、星空の下の静寂の奥から、きいぃん、きいぃん、と乾いた音も聞きとれた。

「なんだ、ありゃあ……」

亭主は火の消えた提灯を提げた格好で、呟いた。

「斬り合いじゃあ、あるめえな。まさか、追剝か」

同じとき、千住大橋南の小塚原町の往来を、大橋の南袂に差しかかった酔っ払いがいた。

酔っ払いは、ふらつく足どりで南詰より暗い大橋を十間ほど渡って、前方に鋼の打ち合う音を聞き、二つの影が斬り合っている様を見つけた。

「ありゃあ、て、てえへんだ……」

と、よろめく身体を欄干にすがって支えた。

酔っ払いはすぐに引きかえし、人を呼ぼうとしたが、ひどく酔っ払っているのと驚いたのとで、足がもつれた。

そのとき、橋板がけたたましく踏み鳴らされ、激しく斬り結ぶ二つの影が酔っ払いの方へと駆けてくるのを認め、腰を抜かすほど驚いた。

「あわわわ……」

と、酔っ払いはうろたえ、欄干のそばに尻餅をついた。

姿形は暗くて見分けられなかった。だが、二人の荒々しい吐息と、ふり廻す剣のうなりと、きいぃん、きいぃん、と激しく咬み合う鋼の音に、頭を抱え身をすくませた。

二つの影が踏みしめる震えが、橋板を通して酔っ払いの尻に伝わった。

七蔵と連太郎は、橋の中央から南方へ並走しながら、疲れも見せず斬り結んだ。激闘は、双方の息が乱れてもまだ決着はつかなかった。

汗がほとばしり、燃え盛る熱気が二人を包んでいた。

連太郎が仕掛けた逆手斬りを七蔵が打ち払う。間髪入れず上段へとって斬り落とす。それをまた躱し、逆からの逆手斬りをかえす。

そうして、いつ果てるともしれず斬り結び、二人が欄干の下にうずくまる酔っ払いのすぐそばまできたときだった。

それは、一瞬だった。

それはあたかも、二つの心を乱し、二つの命を共に試練にかけたかのごとき束の間だった。

連太郎はわずかに遅れた。七蔵の一撃を、連太郎のかえしがほんのわずかの差で遅れ、防ぎ損ねたのだった。

身を反転させた連太郎の左肩を、切先が捉えた。だん、と肩が鳴った。連太郎は仰け反った。

しかし連太郎は仰け反った一瞬、まだ終わってはいない、と即座に体勢をなおした。逆手の斬りかえしを強引に仕掛けた。

ただ、その斬りかえしは強引さゆえに、鋭さを欠いた。

連太郎には、七蔵が白刃の下をかいくぐり斬り抜けていくのが見えた。見えたが、防ぐことはできなかった。

斬り結ぶ中の一瞬、重たく鈍い衝撃を腹に受けた。

連太郎はそこでだらだらっと後退し、橋の欄干へ背中から倒れかかるようにぶつかった。

苦痛に顔を歪め血をしたたらせながら、欄干を背に身体を支えた。

いつかは起こると思っていたことがこれだったか、と連太郎は知った。

七蔵が連太郎の胸に切先を突きつけた。

すると連太郎は、仕こみをかざした。まるで、長い戦いの末に敗れたことを気づかぬようにだ。

「まだ、終わってはいないぞ。七蔵、役目を果たせ」

連太郎が欄干を背に、言った。

「ああ、まだ終わってはいねえ。おめえを獄門台に、さらさせはしねえ。おれは、そのためにきた」

七蔵が幼馴染みの連太郎にかけた、それが最後の言葉だった。

結　浮気者

一

八月の晦日《みそか》も近いその午前、北町奉行所の内座之間に、内与力の久米信孝と萬七蔵が対座していた。

明障子を開け放った縁側と中庭に、秋の高い青空から日が降っていた。中庭の夾竹桃《きようちくとう》や石灯籠の周りを、雀が数羽、舞っていた。

「そういうわけで、川路屋の九右衛門は勘定所の公事方の手で捕縛され、入牢《じゆろう》と相なった。角丸が殺害されたのは深川ゆえ、川路屋の裁きは町方と勘定所にまたがる評定物になる。そのため裁きは評定所物になる。九右衛門の斬首と川路屋のとり潰しは間違いあるまい」

床の間を背に座った久米が、さらりとした口調で言った。

七蔵は縁側と中庭を背に着座している。雀ののどかな鳴き声にまじって、公事溜の方から下番が公事人の名を呼びあげている。

「勘定所組頭の谷町徳之助も、今は謹慎の身だが、今日明日にも入牢となる。角丸、船頭の浅吉、馬ノ助と女房や子分ら、みなろくでもない者らだが、あれだけの人が殺されたのだ。切腹ではすまされぬ。谷町徳之助は斬首、谷町の家は改易《かいえき》になるだろう」

「はあ……」

と、七蔵は気乗りしなさそうな返事をした。

久米は七蔵の様子をうかがい、ふん、と鼻先で笑った。

「萬《まん》さん、あまり気乗りがしなさそうだな」

尺扇で継裃の膝を軽く叩いた。

「いえ、そういうわけでは。そうだ、千住宿の旦那衆が開いていた賭場の咎めは、どうなりますか」

久米はとりつくろう七蔵を、また笑った。

「あっちは勘定所の手限《てかぎ》りだから詳しくはわからんが、たぶん、お咎めなしだろう。舟運業仲間の納める運上金や冥加金は、重要な金の出所だ。勘定所は川路屋と谷町の裁きで幕引きにしたいのだ。商人と役人の首をひとつずつとって、双方に咎めの形を整えてな」

そう言ってから、久米は少々考えた。

「それから、角丸や浅吉と一緒に千住の押しこみを働いた脇長多十郎が、潮来《いたこ》で捕まったそうだ。押しこみの分け前がだいぶ残っていたらしく、遊び呆《ほう》けてそれで怪しまれた。巧く逃げたがな。脇長も数日中には、江戸へ送られてくるだろう」

「川路屋も谷町も、角丸らの押しこみぐらい、放っておけばよかったんですがね。放っておけば、こんな事にはならなかった」

「甘い汁を吸う輩にも、事情がある。当人と傍から見る者とでは、理屈が違うのだ。川路屋と谷町は、角丸らから旦那衆の賭場の胴元である自分らの所業がばれるのを恐れた。それで角丸らの口をふさぐために、始末人に始末させるなどと、幾らなんでもやりすぎた」

七蔵は、そうですね、というふうに頷いた。

背中の庭の方より聞こえる雀の戯れに、耳を傾けた。

「九右衛門が白状したところによれば、馬ノ助の仲介で角丸ら三人の始末を白闇の連に頼んだ。白闇の連は、馬喰町の御用屋敷の者なら誰でも名を聞いたことがある八州では名の知られた掃除屋だ。早い話が殺しを請け負う始末人だ。川路屋は凄い腕利きと聞いていたし、足がつかぬよう江戸の者以外でと頼んだが、この白闇の連が、三人目の脇長の始末に縮尻《しくじ》ったとな」

「白闇の連の名は、わたしも知っています。白闇の連ほどの始末人が、なぜ縮尻ったんでしょうか。わたしの調べた限り、角丸を始末した恐ろしいほどの手練《てだれ》と、船頭の浅吉を土左衛門にしたのや脇長を襲った手口は、ひどく荒っぽく粗雑です。浅吉と脇長は、白闇の連の仕業とは思えません。川路屋は三人共の始末を白闇の連に頼んだはずだったんですがね」

「そうなんだ。白闇の連が手下にやらせて、縮尻ったのかね」

「白闇の連は一匹狼です。依頼人との間をつなぐ者はいるでしょうが、仕事はひとりでやる本物の凄腕ですよ」

七蔵が言うと、久米は唇をへの字に結んで、探りを入れるような笑みを向けてきた。

「本物ね。詳しいじゃないか、萬さん」

「いえ。噂で聞いているだけです」

「なんにせよ、白闇の連を仲介した馬ノ助と手下ら全部が斬殺されて、事情は闇の中だ。白闇の連と馬ノ助に何があったのか、両者にもめ事が起こって斬り合いになったとしても、あれほどの斬殺を白闇の連ひとりでできるはずがないからな。馬ノ助一家斬殺は別件と見るのが筋だと思うが……」

七蔵は何も言わず、頷きもしなかった。

「で、萬さんを呼んだのは、その白闇の連のことだ。御奉行さまが、念のために萬さんに確かめておけ、と仰ってな」

「はい。なんでしょうか」

御奉行は朝四ツに登城している。

「このたびの一件で、白闇の連をとり逃したことは、まことに遺憾だ。残念でならぬ。勘定所も、町方に助力を頼みながら、最後の決着は勘定所に任せよと都合のいいことを考えているから、動きが遅くなる」

「千住大橋までは、追ったんですがね」

七蔵は残念そうに言った。

「ふむ。萬さんたちが白闇の連を川路屋に仲介した馬ノ助を探るため、元柳橋の馬ノ助の店へいき、一家斬殺に出くわした。それが白闇の連の仕業とは思えないが、万が一と推量し、千住大橋までと白闇の連を追った。それはわかる。

白闇の連のねぐらは野州の宇津宮周辺ではないか、と言われているからな」

「はい。わたしもそう聞いていましたから、せめて千住大橋までいってみるか、という考えでした。しかしながら、角丸が始末され、浅吉が土左衛門になり、脇長が襲われたのはその二日前でしたから、もう江戸をとっくに離れているだろう、追っても無駄だろうと、内心思っていましたが」

ふむ、と久米はまた、探りを入れるように口をへの字にした。

「逃げたものは、仕方がない。今さら悔やんでも、詮ないことだ。それはいいのだが、勘定奉行さまよりうちの御奉行さまに問い合わせがあった。このたびの一件で勘定所の公事方も調べを続けてきたが、先だって、千住大橋で斬り合いがあったらしい。先だってというのは、萬さんが白闇の連を追って千住大橋までいった日の夜更けのことだ」

「はあ……」

七蔵は気乗りしなさそうに、またかえした。

「その斬り合いを、掃部宿の酒亭の亭主がたまたま見ていた。大橋からだいぶ離れているのでよくはわからなかったが、斬り合っていたのは二人で、ほかにも人がいたらしい。そのうち斬り合いは収まり、亭主は気になったものの、当夜は届けず、翌朝、宿場役人に届けた。届けを受け宿場役人が調べたところ、死体などは見つからず、ただ橋板にかなりの血の跡があったそうだ」

「酔っ払い同士が喧嘩になって、怪我人が出たのでは」

「ふふん、宿場役人もそう思ったらしい。ところが、念のため宿場の訊きこみをしたところ、もうひとり、斬り合いを見ていた者がいた。河岸場の軽子で、小塚原町で夜更けまで呑み、したたかに酔っ払って掃部宿の裏店へ戻る途中の大橋で、二人の男が斬り合っているのを、目の前で見たと言うのだ」

「酔っ払いが、喧嘩の場にいき合わせたわけですね」

「まあ、そうだ。酔っ払いが言うには、ただの喧嘩ではなく、きいぃんきいぃんと白刃が火花を散らし、二人の男が凄まじい勢いで斬り合っていたそうだ。酔っ払いは足がもつれ、逃げ場を失い、欄干のきわにうずくまっていたらしい。暗いので顔の見分けはつかなかったものの、どうやら二人とも尻端折りの格好で、侍らしくは見えなかった」

「なら、千住あたりの博徒か地廻りの喧嘩でしょう」

「そうとも言える。ともかく、激しい斬り合いの末、ひとりが斬られた。斬ったほうは相手に刀を突きつけ、ぐさりと止めを刺した。ただその前に、斬ったほうと斬られたほうが、言葉を交わしたそうだ」

「ほお、なんと……」

「残念ながら、酔っ払いはよく聞き取れなかった。終わりとか獄門台とか、なんとかのためとか、途ぎれ途ぎれに言い交すのが聞こえた。その中で、《ななぞう》、と人の名前らしき言葉が聞こえた。《ななぞう》だ。どう思う、萬さん」

「酔っ払いでしょう。あてになりはしません」

「確かに、酔っ払いの見たこと聞いたことなど、あてにはならん」

久米は尺扇で額をかいた。

「そのあと、斬った男の仲間らしき者らが三人集まってきた。斬られて倒れた男をいたわるみたいに黒の羽織をかけ、顔を菅笠で隠した。斬った男がそうしろと、仲間に指図していた」

七蔵は、久米との間の畳に目を落としていた。

久米は尺扇を膝に突いて、七蔵の様子をのぞくように見た。

「倒れた男が運ばれていくあとを、酔っ払いは恐る恐るついていった。仲間らは大橋の袂の河岸場につないだ猪牙に亡骸《なきがら》を運びこんだ。それから江戸の方へ下っていった。酔っ払いは、猪牙が川筋の闇に消えていくのを、橋の欄干の間から見ていた。とまあ、そんな経緯だ」

七蔵は久米に、軽い笑みをかえした。

「やはり、ただの喧嘩ですよ。江戸から親しい仲間らが猪牙に乗り合わせて、千住へ遊びにきた。ところが、仲間らの間で喧嘩が始まった。ついやりすぎて一方が他方に怪我を負わせてしまった。だから仲間らみなで介抱し、船に乗せて江戸へ戻っていった。そういうことでしょう」

「勘定奉行さまは、その斬り合いに町方は心あたりがないかと、うちの御奉行さまに訊ねてきたのだ。何か不審があってのことではない。だからお奉行さまも、特に何かを気になさっているわけではない。あくまで念のため、萬さんに心あたりはないかと確かめておけ、という程度だ」

あの夜更け、七蔵と嘉助、お甲、樫太郎の四人は、千住の河岸場から隅田川を下り、深川の火葬場へ連太郎の亡骸を運んで荼毘《だび》に付した。

桃木家の墓は八丁堀の岡崎町《おかざきちょう》・玉圓寺《ぎょくえんじ》にある。

玉圓寺は萬家の菩提寺ではなかったが、住持とは親しいつき合いがあった。

二十数年前、江戸から駆け落ちした桃木家の連太郎が、長い放浪の末、江戸に戻り、事情があって突然亡くなった。連太郎はわが妻の兄であり、遺骨を両親のそばに葬ってやりたい、と頼み入れると、住持は、

「萬さんが言われるなら、よろしいでしょう」

と、その事情も聞かず許してくれたのだった。

連太郎の遺骨を、玉圓寺の桃木家の墓にひっそりと埋葬した。

住持は、連太郎の弔いに長い経を読んでくれた。

朝方、組屋敷に戻った七蔵は、兄さんが長い旅から江戸に帰ってきたぜ、と妙の位牌に報告した。

七蔵は束の間、あの長い一日の出来事をふりかえってから、久米に言った。

「そうですか。心あたりはありませんね。あの夜は、元柳橋の馬ノ助の店から千住大橋までいって戻っただけですから。まったくの無駄足でした」

「ならいいんだ。御奉行さまにもそう報告しておく」

久米が平然と言った。そして、尺扇で膝を軽く打った。

「そうそう、酔っ払いはこうも言っていたそうだ。集まった仲間の中に提灯を提げた男がいた。提灯の薄明かりが三人の仲間を照らしたが、そのうちのひとりが、吹き流しに手拭をかぶった女だった。女は三味線を背中に粋にかついで

いて、ちらと見えた横顔は、年増の艶っぽいいい女だった、とか。三味線をかついだ年増のいい女。まるで、お甲みたいな女だな」

久米は、七蔵が何かをこたえるのを待つかのような間をおいた。

「それから、どういうわけか、白い猫もいたらしい。その白猫が、亡骸のそばで悲しそうに、みゃあみゃあと鳴いていたんだと……萬さんは猫を飼っていたな。深川からきたわけありの雌の白猫だ。あの猫は達者かね」

七蔵は庭の雀の戯れを背中に感じながら、久米に笑みを投げた。

「はい。浮気者で、あちこち出歩いていますが」

二

夕刻、樫太郎と共に亀島町の組屋敷に戻ると、お文が表木戸まで小走りに出てきて、

「旦那さま、お戻りなさいませ。音三郎《おとさぶろう》さんが、見えています」

と、せっかちに言った。

「音三郎？　永生《ながお》の鏡《かがみ》音三郎がきているのか」

七蔵は、思わず聞きかえした。

「はい。客間にお通ししています」

「へえ。旦那、音三郎さん、江戸に出てきたんでやすね。じゃあお文、綾《あや》さんも一緒なのかい」

樫太郎が聞いた。

「ううん。音三郎さんおひとりで。江戸のお屋敷にご用があって、三日前、上屋敷に着かれたそうです。綾さんはお国でお留守番です」

「そうかい、音三郎がきたかい。樫太郎、おめえもこい」

「へい」

越後永生家の家士・鏡音三郎は兄の敵《かたき》を討つため、一昨年の文化三年、江戸に出てきた。敵を探し求める間、音三郎は吉原に近い浅草の田町の居つき地主の離れに住まいを定めた。

綾はその地主・作右衛門《さくえもん》とふね夫婦の孫娘だった。

音三郎は、偶然、町方役人の七蔵と親しく交わるようになり、七蔵の助力もあって兄の敵を討つことができた。そしていったん、永生に戻ったが、お家の使命を受け再び江戸に出てきた。

およそ二年の江戸暮らしの中で、音三郎と綾は惹《ひ》かれ合う仲となった。五ヵ月前の春、使命を果たし永生に戻るにあたって、音三郎は綾を身分の違いを越えて妻に迎えたのだった。

二人は今、永生で暮らしている。

その音三郎が、お家のご用で江戸に出てきたのである。

「おお、音三郎、息災だったかい」

七蔵は客間に入っていきなり言った。

「音三郎さん、お久しぶりでやす」

樫太郎が続いて言った。

音三郎は、夕暮れの秋の庭を眺めつつ、濡れ縁のそばに端座していた。その膝の上に、倫がちょこなんと座っている。

倫を傍らにおき、音三郎は畳に手をついた。

「七蔵さん、樫太郎さん、お久しぶりです」

「堅苦しい挨拶は抜きだ。綾は元気で暮らしているかい」

「はい。永生の気候にも慣れて、つつがなく暮らしております」

「そうか、よかった。お家のご用と聞いた。急なご用なのかい」

「急ですが、むずかしいご用というのではありません。ただ、明後日には国へ戻ります」

「そいつは慌ただしいな」

「今日の午後、暇ができましたので、浅草の田町に寄り、それから七蔵さんと樫太郎さんにご挨拶にうかがったのです」

「作右衛門さんたちは、変わりはないかい」

「お二人とも変わりはありません。綾の暮らしぶりを話すと、とても嬉しそうな様子でした」

「そりゃあそうだ。作右衛門さんとふねさんは、親代わりに子供のときから綾を育ててきたんだからな」

「綾も連れてきてやりたかったのですが、急なご用ですので、そういうわけにもいかず……」

「侍勤めだ。そういうもんだ。お家の事情はどうだい」

「相変わらず、あっちは何派、こっちは何派と分かれて、いがみ合っています。なかなか、ひとつにはまとまりません」

「どこも一緒だな。けど、あの派だこの派だと、いがみ合うのは悪いことばかりじゃないんだぜ。いがみ合う相手がいるから、隠し事もできねえ。こっそり悪さもしにくい。相手に足をすくわれないように、ちゃんと身を正さなきゃあならねえ。そういうもんだからさ」

「それもそうですね。周りに厳しい目がないと、自分の都合の悪いことは隠して、都合のいいことばかりを見ようとしますからね」

「都合のいいことばかり見ていたら、正体は見えなくなる。正義や善意にも不都合なことがあるのは、仕方がねえんじゃねえか」

ふむふむ、と音三郎と樫太郎が頷いた。倫が音三郎のそばから離れず、そんな三人の歓談に加わるように耳を傾けていた。

と、そのうち倫が甘えたように鳴いて、音三郎の膝へ、ひょい、と乗ったので、三人の話が途ぎれた。

「倫はわたしを覚えてくれていたようです。永生に帰る前は、こんなになついてはくれなかったのに」

音三郎が言いながら、倫の白い毛並をなでた。

「音三郎さん、倫は目新しい人が現れると、すぐなびくんでやす。こいつ、気が多くて、移り気なんでやす」

樫太郎が笑って言った。

「ふうん、そうなのか。倫、おまえは別嬪さんだからな」

音三郎が、別嬪さん、と言うのを聞いて、ふと、七蔵の脳裡におぼろな愁《うれ》いがかすめた。

七蔵は、音三郎の膝でゆったりと寛ぐ倫を睨んだ。

すると倫は、澄ました目を七蔵へ寄こした。束の間、倫と睨み合い、おかしくて我慢できなくなり、七蔵は言った。

「この、浮気者……」

倫の鳴き声が、「なあに？」と言ったみたいに聞こえた。

藍《あい》より出《い》でて　夜叉萬同心《やしやまんどうしん》

辻堂《つじどう》　魁《かい》

学研M文庫

2014年6月24日　初版発行

●

発行人———脇谷典利

発行所———株式会社　学研パブリッシング

〒141-8412　東京都品川区西五反田2-11-8

発売元———株式会社　学研マーケティング

〒141-8415　東京都品川区西五反田2-11-8

印刷・製本 —中央精版印刷株式会社

★ご購入・ご注文は、お近くの書店へお願いいたします。

★この本に関するお問い合わせは次のところへ。

・編集内容に関することは——編集部直通　Tel 03-6431-1511

・在庫・不良品(乱丁・落丁等)に関することは——
販売部直通　Tel 03-6431-1201

・文書は、〒141-8418　東京都品川区西五反田2-11-8
学研お客様センター『夜叉萬同心』係

★この本以外の学研商品に関するお問い合わせは下記まで。
Tel 03-6431-1002（学研お客様センター）

つ-4-12